文春文庫

猪《ちょ》牙《き》の娘

柳橋の桜（一）

佐伯泰英

文藝春秋

目次

「柳橋《やなぎばし》の桜」

おもな登場人物

桜子《さくらこ》　小さいころから船頭の父の猪牙舟にのせてもらい、舟好きが高じて船頭になることを夢見る。背が高いため「ひょろっぺ桜子」とも呼ばれている。八歳から始めた棒術は道場でも指折りの腕前。

広吉《こうきち》　桜子の父。船宿さがみの船頭頭。桜子が三歳のときに妻のお宗《むね》が出奔。男手ひとつで桜子を育てる。

猪之助《いのすけ》　船宿さがみの亭主。妻は小春。

大河内立秋《おおこうちりつしゅう》　薬研堀にある香取流棒術大河内道場の道場主。直参旗本大河内家の隠居で、大先生と呼ばれている。

大河内小龍太《こりゅうた》　道場主の孫で次男坊。桜子の指南役。香取流棒術に加え香取神道流剣術の目録会得者。

お琴《こと》（横山琴女《ことじょ》）

桜子の幼馴染みで親友。父は米沢町で寺子屋を営む横山向兵衛《こうべえ》、母は久米子《くめこ》。物知りで読み書きを得意とし、寺子屋でも教えている。背が低いので「ちびっぺお琴」と呼ばれるときもある。

江《え》ノ浦屋《うらや》彦左衛門《ひこざえもん》

日本橋魚河岸の老舗江ノ浦屋の五代目。桜子とは不思議な縁で結ばれている。

相良文吉《さがらぶんきち》

お琴の従兄。刀の研師にして鑑定家として知られる相良兼左衛門《けんざえもん》泰道《やすみち》の息子。祖父や父の仕事を見ていて刀が好きになり、手入れや鑑定を手がける。

小田切直年《おだぎりなおとし》

北町奉行所奉行。

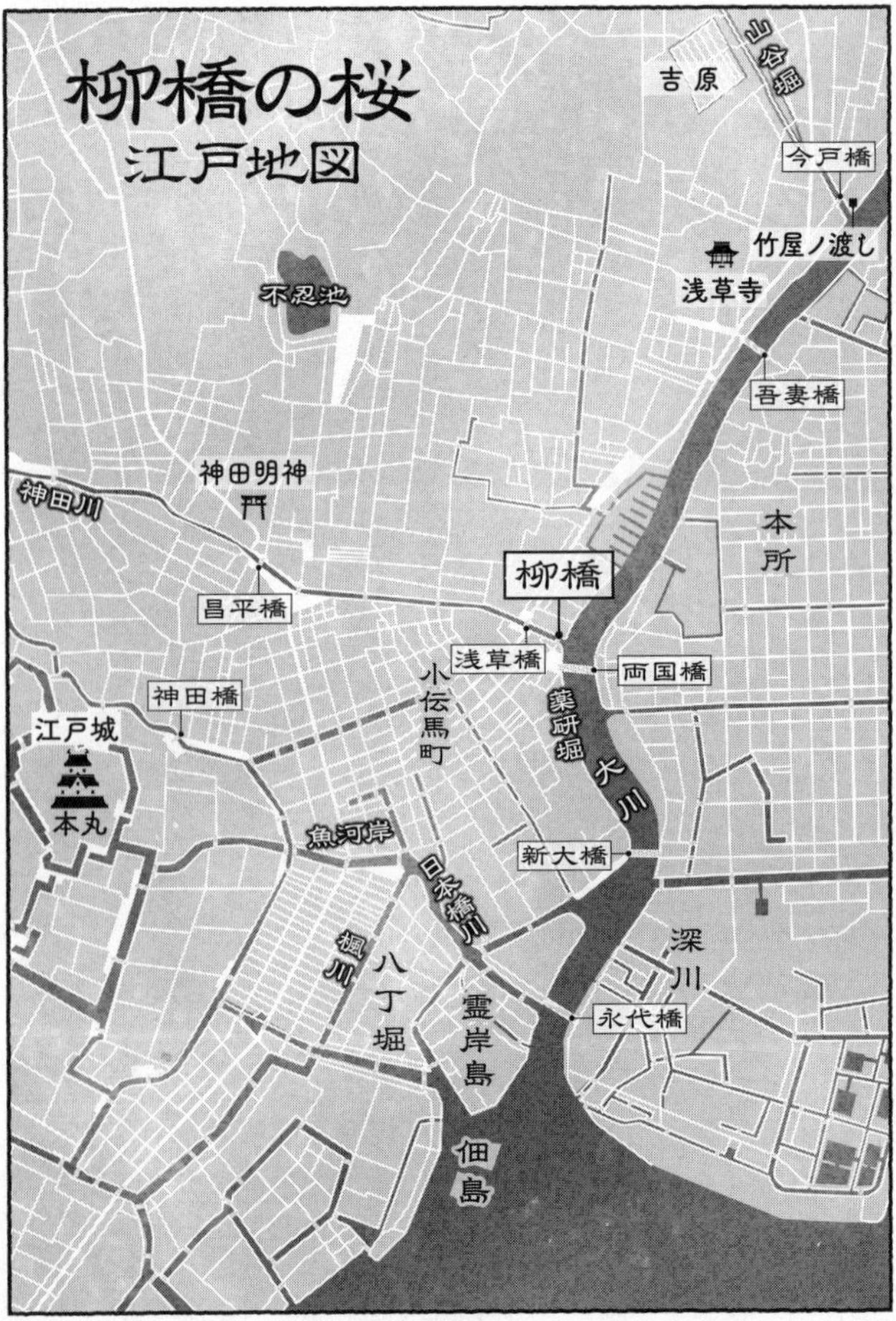
柳橋の桜
江戸地図
吉原
山谷堀
今戸橋
竹屋ノ渡し
浅草寺
不忍池
吾妻橋
神田明神
神田川
本所
柳橋
昌平橋
浅草橋
両国橋
神田橋
小伝馬町
薬研堀
江戸城
本丸
大川
魚河岸
新大橋
日本橋川
深川
楓川
八丁堀
霊岸島
永代橋
佃島

柳橋周辺
浅草橋
柳橋
大川
下柳原同朋町
船宿さがみ
三本桜
新地
上之御召場
吉川町
さくら長屋
橋番所
両国西広小路
両国橋
薬研堀
大河内道場

この作品は文春文庫のために書き下ろされたものです。

編集協力　澤島優子
地図制作　木村弥世

猪牙《ちょき》の娘

柳橋の桜（一）

序章

柳橋《やなぎばし》は、元禄《げんろく》十一年（一六九八）に神田川《かんだがわ》が大川《おおかわ》と出合う近く、下柳原同朋町《しもやなぎはらどうぼうちょう》と浅草下平右衛門町《あさくさしもへいえもんちょう》との間に架けられた。当初は、川口出口橋とか川口橋と呼ばれていたがのちに柳橋と称するようになった。

橋名の由来は柳原堤の末端に架けられたゆえだ。橋の両側には、御免色里《ごめんいろざと》の吉原《よしわら》や大川対岸の向島《むこうじま》に向かう猪牙舟《ちょきぶね》や隅田川《すみだがわ》の船遊びをなす船宿が軒を連ねて一種の花街が形成されていた。

柳橋の南詰、下柳原同朋町は、南隣の吉川町《よしかわちょう》とともに両国西広小路《りょうごくにしひろこうじ》側を表町《おもてちょう》、神田川に面するほうを日影同朋町《ひかげどうぼうちょう》と里の住人に呼び分けられていた。町の東側の下柳原同朋町続新地《つづきしんち》の大川端には将軍様が御用船に乗り降りする上之御召場《おめしば》があった。

下柳原同朋町と続新地には貞享《じょうきょう》（一六八四〜八八）ころまで苗木を育てる植溜《うえだめ》

があり、その当時植えられたと思《おぼ》しき山桜三本が百年余の歳月を経て生き残り、春になるとこの界隈《かいわい》の人々を楽しませていた。

桜の花が散るころ、船宿さがみの長屋には風に乗って花びらが舞い込んでくる。ためにさくら長屋という美しい名で呼ばれていた。

ある年の啓蟄《けいちつ》の候、神田明神の御札《おふだ》と注連縄《しめなわ》が張られた三本の山桜のなかでもひと際大きな幹の前に幼い娘が座して額を幹につけ、合掌して何事か祈願していた。すると娘の祈りを聞きとどけたという風に、幼い背に早咲きの山桜の花びらが散った。

そんな光景を御忍駕籠《おしのびかご》から若い異人が眺めて、手にした画帳に一心に合掌する娘の横顔をせっせと素描していた。

第一章　父子の絆

一

　神田川は公には神田上水と称され、玉川《たまがわ》上水とともに江戸城下の代表的な上水道であり、百万都市江戸の生活用水を受け持っていた。また江戸城の外堀の機能も有していたが、この神田川の最下流に架かる橋が柳橋であった。橋の長さはおよそ二十間を有し、神田川両岸に並ぶ船宿の猪牙舟や屋根船や荷船が頻繁に往来した。

　寛政《かんせい》三年（一七九一）の初夏。

　三歳になった桜子《さくらこ》は夕暮れ、柳橋の真ん中に立ち、父親の猪牙舟が船宿さがみの船着場を出て橋下に近づくのを見ていた。お客が乗っている舟には声をかけて

はいけないと母親のお宗《むね》に言われている桜子は、棹《さお》を櫓《ろ》に替えた父親に黙って手を振った。すると馴染み客が、

「広吉《こうきち》さんよ、桜子が見送ってくれているぜ」

と声をかけた。むろん広吉も桜子が見送っていることを承知していた。客に会釈を返した広吉が、

「おお、桜子、お客人の見送りか」

「お父《とっ》つぁん、どこへ行くの。むこうじま、それともよしわら」

と意味も分からずに覚えた地名を大声を張り上げて叫んだ。

「おお、桜子、私が吉原へ遊びに行くのを承知ですか」

と客がにやにや笑いで応じた。

その客が何者か、桜子がとくと認識するのは十数年後のことだ。

猪牙舟が橋下に隠れ、桜子はばたばたと草履《ぞうり》の音を立てて、大川側の欄干《らんかん》へと走っていった。すると猪牙舟の尖った舳先《へさき》が桜子の覗《のぞ》く欄干の下に現れた。

「桜子、長屋に戻ったら井戸端で顔を洗え」

と父親の広吉が叫んだ。

「お父つぁん、そうする」

船頭の広吉は夏の光を避けて菅笠《すげがさ》を被《かぶ》っていた。だが、昼間の大半、大川や神田川の水上にいる広吉の顔は陽光に焼けていた。

猪牙舟が大川に出合い、舳先を上流へと向けた。

「お父つぁん、早く帰ってきて」

と叫ぶ桜子の声が柳橋に響いて、櫓から離した片手を広吉がひらひらと振った。

「ああー、いっちゃった」

桜子は呟《つぶや》いたが、橋の上を離れようとはしなかった。まだ三歳だが娘は口が達者だった。むろん大半の言葉は意味も分からず使っていた。

桜子は父親の猪牙舟だけではなく大小の船を見るのが好きだった、飽きなかった。

江戸城の向こうへと沈むお天道さまの陽射《ひざ》しが桜子を照らしつけて整った顔立ちを浮かばせた。桜子の顔立ちは母親のお宗によく似ていた。ために愛らしかった。

桜子はふとだれかに見られているような気がして橋の北側、浅草下平右衛門町を見た。

母親のお宗は浅草側の船宿の女衆《おんなし》として働いていた。船宿さがみの対岸だ。

桜子は母親の姿を探した。すると浅草下平右衛門町の船宿と船宿の間の路地に母親が立っているのが見えた。

「あっ、おっ母《か》さん」

との声に母親が後ろを振り返って娘を見た。

柳橋の上から見ていると、母親のそばには若い男がいて、ふたりは何事か言い合い、ふたたび桜子を振り返った。そして、母親だけが娘のいる柳橋へと歩いてきた。

「だれ、あの人」

「お客様よ、おっ母さんは見送りに出ていたの」

「ふーん」

と応じた桜子は、船宿のお客さんかと思った。

このところさくら長屋では、桜子のお父つぁんとおっ母さんが喧嘩《けんか》ばかりしていた。なぜか桜子には、このお客様が両親の喧嘩の原因のように思えたのだ。

「桜子、夕餉《ゆうげ》の仕度をしたの」

「お米はあらったよ」

「おかずは買ったかえ」

「ぼてふりの魚屋からいわしを三びきかった」

「釣銭はちゃんともらったろうね」

「うん、もらってお釣りはかまどのところにおいてある」

「お金をかまどに置いているなんて不用心だよ」

というお宗の口調になにか苛立《いらだ》ちを感じた。桜子が物心ついたころ、母親は桜子にも広吉にも優しかった。が、近ごろはなにかが大きく変わった。

「おっ母さん、仕事、おわった」

「ああ、終わったよ」

「じゃあ、長屋にもどれるね」

「お父つぁんは、しばらく仕事から戻らないね」

「うん、お客さんをよしわらに送っていった」

桜子の言葉に頷《うなず》いたお宗は、そのことを承知しているように思えた。

三歳の桜子は両親ふたりが働いているせいか、長屋でほかの女衆と混じり、夕餉の下拵《したごしら》えくらいはこなした。

「長屋に戻る前、吉川町の表之湯《おもてのゆ》に寄って仕舞湯で汗を流していこう。おっ母さんは体じゅうがべたべただよ」

「桜子は長屋の井戸ばたで顔をあらう、お父つぁんと約束した」

しばし考えたお宗が、

「桜子も表之湯に入っていこう。どうせ、お父つぁんはすぐには戻ってこないさ」

「湯銭も手ぬぐいももってない」

「湯屋で借りればいいよ」

とお宗は桜子を湯屋に連れていった。お宗は船宿の女衆として働いているせいか、自分が使う銭をつねに持っていた。

この日、お宗と桜子は久しぶりに親子して表之湯に浸《つ》かった。お宗はなにか考え事をしているようで、じいっと桜子を見ては、ため息をついた。それが最後の母親との触れ合いだった。

その夜、お父つぁんとおっ母さんがいつも以上に激しい喧嘩をした。

次の日、母親は早々に仕事に行くと称してさくら長屋を出て、戻ってくることはなかった。広吉は翌々日になってお宗の奉公する船宿に尋ねたが、

「広吉さんよ、お宗さんはうちを辞めたぜ。亭主のおまえさんが承知しているって聞いたがね」

桜子が三つの夏のことだった。

それ以来、広吉が娘の桜子を独りで育てることになった。

さくら長屋の住人たちの大半が船宿さがみの奉公人ということもあり、男手ひとつで幼い娘を育てる広吉をあれこれと手助けしてくれた。

桜子は、さくら長屋の住人たちが語る母親の噂話を幼いころから幾たびも耳にしてきた。それによれば、

「広吉さんとお宗さんは親子ほど歳《とし》が離れていたしね。広吉さんは仕事ばっかりでさ、夫婦が話す機会も滅多になかったからね」

「お宗さんは広吉さんと勢いで所帯をもったものの話が合うわけもないやね」

「すぐに孕《はら》んで桜ちゃんが生まれるとはまさか考えもしなかったろうよ」

「それそれ、桜ちゃんがいなければすぐにも長屋を飛び出していたよ」

「とどのつまり、広吉さんと桜ちゃんは捨てられたんだ」

「お宗さん、どこで暮らしているかね。お宗さんを誘った男は京の小間物屋の次男だか三男と聞いたよ。稼ぎはどうか知らないけど、歳がお宗さんと近いしね」

長屋のかみさん連は桜子という気取った名前より桜と呼んだ。さすがに当人の前でお宗の悪い話をすることはなかったが、こんな噂話の声は幼い「桜」の耳に

いやでも入ってきた。

「お父つぁん、おっ母さんは長屋に戻ってくるよね」

ふたりだけの夕餉のあと、桜子は父親に質《ただ》したことがある。

しばらく無言で茶を喫していた広吉が、

「桜子、おめえのおっ母《かあ》は、もはやさくら長屋に戻ってこねえや」

とぼそりと言った。

「どうして、わたしたちがきらいになったの」

「ああ、嫌いになったのよ」

「捨てられたんだ」

と呟いた桜子はずっとのち、

（あの夏の夕暮れ、おっ母さんは桜子のことで迷っていたんだ。連れていくかどうか悩んでいたんだ。でも、あの日、ちらりと見た若い男が桜子を連れて出ていくことを拒んだのだ）

と考えるようになった。

（そう、桜子とお父つぁんは捨てられたんだ）

さくら長屋で父娘ふたりだけの暮らしにも慣れたころ、広吉は船宿さがみの親方に相談し、客が馴染みや知り合いの折りには桜子も猪牙舟に乗せて川向こうの深川本所《ふかがわほんじょ》や神田川の上流の大洗堰《おおあらいのせき》や、ときには江戸の内海の佃島《つくだじま》や品川宿《しながわしゅく》まで水行《すいこう》した。そのおかげで桜子の舟好きは、一段と高じた。

大雨や大風でもないかぎり、舟に乗るのが好きだった。

広吉にとっても幼い桜子を舟に同乗させるのは悪くない気分だった。

客の大半は、広吉が若い女房に逃げられたことを承知で、桜子が父親の足元に座って飽きることなく江戸の町並みや水上の景色を見ていることを許してくれた。そのうえ客たちは桜子に飴玉や饅頭《まんじゆう》などを持ってきてくれ、ときには小遣いまでくれた。

「ありがとう、お客さん」

「おお、よう礼が言えたな。桜子は舟が好きか、川が好きか」

「舟も川も海もだいすき」

「お父つぁんの手伝いができるようになるといいな」

「大きくなったら、わたし、船頭さんになる」

「女船頭になりてえか、ううーん、女船頭たあ、聞いたことがねえな。それより親父さんの勤める船宿さがみの女衆に雇ってもらったらどうだ。神田川と大川の出合橋だ、舟なんぞいくらも見られるぜ」

と客は勧めた。

「わたし、船頭がいい」

「そうか、船頭な」

と桜子の頑固さに負けて客は黙り込んだ。

その客が横川《よこかわ》の長崎橋《ながさきばし》で降りたとき、広吉は、

「桜子、よく聞きな。女は猪牙の船頭や駕籠かきになれねえんだ。お客さんにしつこく言って困らせるんじゃねえ。この話は、止《や》めにしな。そうでなければお父つぁんの猪牙にも乗せないぞ」

ときつい口調で言った。

桜子は父親が本気なことを察し、

「分かった」

と返答した。だが、夢を忘れたわけではなかった。ただ、口にすることを止めただけだった。

六歳になったころから桜子の背丈が目に見えて伸び始めた。

七歳の夏には、桜子は竹棹を手に土手を突いて父親の猪牙舟を流れに戻したり、土手に引き寄せたりといった手伝いをするようになった。背丈は五尺（約百五十センチ）に近くなっていた。

江戸期、大人の女衆の背丈でも四尺七、八寸そこそこであったろう。七つの桜子はこぶしひとつ分ほど高かった。同年齢の男の子も娘も桜子の肩までしかなかった。とくに幼馴染みのお琴《こと》と桜子のふたりが並ぶと、お琴は桜子を見上げて話をすることになる。それがおかしいというので、

「おい、桜、おめえ、どれほど背が伸びるんだ。大風が吹いたらよ、腰のあたりでぽきりと折れちまうぞ。いいか、ちびのお琴に背を分けてやりねえ」

と柳橋界隈の餓鬼大将の助六《すけろく》がふたりに言った。

柳橋の真ん中でのことだ。この日、この界隈の子供たちが大勢集まっていた。

助六は芝居小屋の男衆《おとこし》の倅《せがれ》で、その名は「歌舞伎十八番」のひとつ、「助六《すけろく》由縁江戸桜《ゆかりのえどざくら》」からとられたものだ。

この助六が悔しいのは自分よりふたつも年下の桜子のほうが背丈が高いことだった。

「助六兄さん、悔しかったら桜の背丈をこえてみなさいよ」

「なにっ、なまいき言うな。娘っ子のおまえなんて、どんなことだって負かしてみせるぞ。どうだ、喧嘩をするか」

と助六が凄んでみせた。

「女の子と喧嘩をして勝っても自慢にならないわよ」

お琴が言い放った。このお琴、ひと一倍ちびだった。のっぽとちびのふたりは、なんとも仲がよかった。お琴は頭がよく物知りだった。なにしろ米沢町《よねざわちょう》の寺子屋の娘だったから、すでに読み書きができた。

「くそっ、ちびのお琴め、神田川に放り込んでやろうか」

と助六が腕を撫《ぶ》した。すると助六の一の子分の洟《はな》たれのデコ松《まつ》が、

「助六兄い、お琴の襟首《えりくび》つかんで堀に投げ込んでみねえ」

と調子に乗って言った。デコ松の本名は、吉松《よしまつ》だ。だが、額が広いのでみなからデコ松と呼ばれていた。

「よし」

と助六がお琴の前に近寄っていった。

「お芝居の助六とえらい違いだね、男伊達《おとこだて》の助六じゃないよ、ばか六だね」

とお琴が助六に言い放った。

「言いやがったな、ちび琴が」

と助六が腰に差していた芝居で使う木刀を抜いてみせた。

「ばか六、女の子を相手に木刀を振りかざすんじゃないよ、情けないったらありゃしない」

と桜子がお琴に加勢した。

「ふたりして許せねえ」

と助六がまず桜子に木刀を向けた。

「ばか六と桜ちゃんの喧嘩、負けたほうは罰を受けるというのはどう」

とお琴が言い出した。

「罰とはなんだ」

と助六が乗った。

「そうだね、橋の上から神田川の水面に飛び降りるというのはどう」

とお琴が言った。

お琴は、幼いころから父親の猪牙舟に乗っている桜子が、船宿さがみの船頭衆に泳ぎを教えられ、神田川くらいなら何回か往復できることを知っていた。それと助六が泳げないことも承知していた。

「ううん、橋から飛び込めだと」

と助六は怯《おび》えた顔で水面を覗き込んだ。

「助六兄い、橋から飛び込むなんて容易《たやす》いやね。いやさ、喧嘩に負けっこないから端《はな》から飛び込むことはないやね」

とデコ松が追従顔《ついしょうがお》で言った。

「おおう、おりゃ、喧嘩に負けたことはねえ。やるか、ひょろっぺ桜」

桜子を見て木刀を構え直した。

その瞬間、桜子が素早く動くと長い足で蹴りを入れ、慌てた助六が木刀で桜子の頭を叩こうとした。だが、この何年も水上の猪牙舟の上で竹棹を使い、櫓を漕《こ》ぐ手伝いをしてきた桜子の足腰は知らず知らずのうちに鍛えられていた。桜子の蹴りのほうが断然早く助六の腰のあたりにあたった。

「ああ」

と叫んだ助六の手から木刀が神田川の水面に落ち、

「桜と助六の勝負、桜の勝ち」

とお琴が大声で叫んだ。

「ありゃ、助六兄いが負けちまった」

とデコ松が言い、

「兄さん、木刀を拾いに飛び込みなよ」

とお琴が言った。

「ダメだ、おりゃ、泳げねえ。橋の上からなんて飛び込めるもんか」

と助六が青い顔で尻込みした。

その直後、桜子の体が欄干を鮮やかに飛び越えて神田川の水面に落ち、水中から浮かんでくると木刀を手にして振って見せた。

「助六、どうした。怖いのか、橋の上から飛び込むのが」

と立ち泳ぎしながら木刀を振ってみせる桜子を見ていた餓鬼大将が不意に、

「わあわあ」

と声を上げて泣き始めた。

二

寛政十二年（一八〇〇）。

庚申《こうしん》の年にあたり、六十年ぶりに女衆の富士《ふじ》登山が一部許された。ために「六《ろっ》根清浄《こんしょうじょう》」と唱《とな》えながら富士山詣《もう》でをなす富士講が流行《はや》った。むろんだれもが富士登山に出掛けられたわけではない。

船宿さがみでは、表町の三本の老桜のそばにこのあたりの住人のために高さ三間ほどの富士塚さがみ富士を造り、大人も子供も登った。

とくにこの山桜が満開のころ、柳橋界隈の人々を始め、神田川から大川界隈の住人が行列をなして富士塚のさがみ富士に登り、三本の桜を愛《め》でた。そんな神木三本桜の幹には江戸の総鎮守神田明神から授かった御札と、紙垂《しで》がひらひら下がる注連縄が張ってあった。

さくら長屋の子供たちは、本物の富士山に詣でられない江戸住人がさがみ富士を楽しめるよう、行列の人々に水やお茶で接待した。

十二歳の桜子は接待方の頭分《かしらぶん》のひとりとして張り切って働いた。

「桜ちゃんかえ、また背が高くならないか」

「はい、また伸びました」

「五尺三寸は超えたな」

幼いころから桜子を承知の女衆が驚きの言葉を発した。

十二歳の桜子は大人の男に比べても大きいことが多くなっていた。

「お宗さんが背の高い人だったからね」

と言った女衆が慌てて、

「いや、昔話を持ち出してごめんよ」

と取り繕《つくろ》った。

「いいの、おっ母さんのことをわたしよく知らないから」

と桜子が答えた。

「おい、桜子、ここには酒はないのかえ。富士と桜ときちゃあ、酒だろうが」

と話柄を変えたのは父親の同輩、船頭の弥助《やすけ》だ。

「弥助おじさん、ここは煮売り酒屋さんじゃないの。さがみ富士と三本桜をたのしむところよ」

「そうかそうか」

「弥助おじさんの番よ、登って登って。あとがつっかえてしまうわ」

と桜子が朗らかな声で催促した。

さがみ富士に集まった者たちは、

「桜ちゃんの背丈はさがみ富士の三合目ほどの高さだよな。それにあのお宗さん譲りの美貌だよ。もっともお宗さんは亭主と幼子を捨てるような薄情な仕打ちをしたがね」

「おお、桜子はなにより気性がいいや、だれにも優しいな」

などと言い合った。さらに、

「桜子がさ、もう少し背丈が低ければ、柳橋の茶屋や船宿の売れっこ女衆になるがな、あの背丈じゃおれたち男も見下ろされるわ。客にとってよ、塩梅《あんばい》よくねえだろう」

「だがよ、天下御免の吉原だとどうだえ、遊女が三千人とか五千人とかいるんだろ。あそこなら武家方も遊びにこよう。桜子より背《たけ》が高え客がいないかね」

「いるかもしれねえが、妓楼《ぎろう》の鴨居《かもい》に髷《まげ》がぶつかる女郎がいいかねえ」

などと余計なことを言う者もいた。

柳橋界隈で桜子の美貌と背丈はだれもが知ることだった。が、桜子の暮らしぶりで知られていないことがあった。

父親の広吉は、八つのころから娘の桜子を寺子屋に通わせていたが、ほどなく、

「桜子、おまえ、三味線《しゃみせん》でもやってみないか」

と言い出した。

「お父つぁん、わたしが三味線習ってどうするの」

「いや、おれが元気なうちはいいさ、だが、人間だれもが死ぬ。おまえが独りになったときに、稼ぎがなるように、音曲《おんぎょく》で暮らしが立つようにさ、三味線なんぞを習ったらどうだとふと思ったのよ」

広吉は三味線方ならば座して弾くゆえ桜子の長身も目立つまいと思ったのだ。

「三味線なんてちゃらちゃらして嫌だな。わたし、お父つぁんのような船頭になる。船頭ならば神田川やら大川を舟で行き来するでしょ。わたしの背丈もだれも気にしないよね」

「桜子、船頭は男の仕事と何年も前に言ったろう、諦めたんじゃないのか。女船頭なんているもんか」

と一蹴した。

「ふーん、女の船頭はほんとにダメなの」

「ほかになにかないか、習いごとはよ」

父親とのやり取りに桜子はしばらく無言で考えていたが、

「わたしが好きな習いごとをしていいの」

「おまえが好きなことがあってな、その稽古ごとを気長に続けられれば、ゆくゆくは飯のタネになるかもしれないじゃないか」

広吉は桜子の将来の暮らしをいつでも気にかけていたのだ。それもこれも背丈が高いことから発した難儀だった。

「習いごとならばなんでもいい」

「おまえの好きなことならば、お父つぁんがいくらでも稽古代を払ってやろう」

と言った。その言葉を桜子はしっかりと吟味した。寺子屋に通わせ始めた直後のことだ。

「お父つぁん、薬研堀《やげんぼり》を知っているわね」

「おりゃ、船頭だぞ、とくと承知よ」

薬研堀は大川の、神田川合流より少し川下に架かる両国橋を潜《くぐ》り、三、四丁下ったところにあるごく短い堀だ。もともとは米蔵が置かれた米沢町を囲む堀割で米穀を運ぶ荷船が出入りしていたが今はほとんどが埋め立てられている。地名の由来は、堀の形が薬研の形に似ていたとも、この界隈に多くの医者が住んでいたゆえともいうが真実はだれも知らなかった。

薬研堀の北側は米沢町の町屋だが、南側や西側には五千石から千石ほどの直参《じきさん》旗本の屋敷が門を並べていた。

「薬研堀に習いごとをなすところがあったか」

「あるわ」

「ほう、あのあたりの町屋は米沢町三丁目と埋立地くらいだが」

と広吉が首を傾《かし》げた。

「薬研堀の突き当たりに道場があるのをお父つぁん、知っている」

「突き当たりだと、旗本屋敷が並んでいらあ。そういえば、旗本の隠居さんが棒ふりを教えてないか」

「棒ふりじゃないの、棒術よ。大河内《おおこうち》ってお侍さんの屋敷の道場で棒術とか薙刀《なぎなた》を教えているのよ」

「桜子、そりゃ、侍がやることだ。娘のおまえが習うことじゃねえ」

「お父つぁん、好きな習いごとをしていいと言ったじゃない」

「言ったさ。だがよ、おれが言ったのは女がやれる習いごとだ」

「大河内の隠居さんは棒術のほかに薙刀も教えるのよ。娘のわたしが習ってもいいと言われたわ」

「桜子、おまえ、大河内って武家屋敷の道場を訪ねたか」

「うん、お琴ちゃんといっしょに何度か見物に行ったわ」

「なんてこった」

お琴の父親は寺子屋の師匠だった。お琴は桜子より一歳年上だが、背丈はすでに一尺以上も桜子のほうが高く、大人と子供ほども差があった。桜子とお琴ののっぽとちびの二人組は、柳橋では大の仲良しとして知られていた。

とある日、ちびのお琴が餓鬼大将のひとり、豊三《とよぞう》にいじめられ、いきなり頰《ほお》べたを叩かれた折り、桜子が、

「豊三、お琴ちゃんを苛《いじ》めると、この桜子が承知しないよ」

と豊三の前に立ち塞《ふさ》がった。

「ひょろっぺの桜子がなにぬかす。おめえが去年、助六を泣かせた喧嘩は聞いていらあ。おりゃ、助六みてえなヤワじゃねえぞ。かかってきやがれ」

と息巻いて怒鳴った。

豊三の父親は左官職人ででっぷりと太っていた。豊三も父親に似て、背丈は桜子より低かったが、目方は倍以上あり、相撲《すもう》取《と》りになると広言していた。

桜子がにやりと笑い、

「豊三、お琴の頰べたを張った倍返しだぞ」

と叫ぶといきなり豊三に飛び掛かり、素手で左右の頰べたをぴしゃぴしゃと音を立てるほど叩いた。豊三は、呆然《ぼうぜん》として立ち竦《すく》んでいたが、わあっ、と泣き出

した。

「ひょろっぺの桜子は怖いぞ」

と柳橋界隈の男の子の間では評判になった。

こんなことがあって以後、桜子とお琴のふたりに手出しをする男子はいなくなった。この騒ぎを広吉は今も知らなかった。豊三の家でも娘に頬べたを素手で叩かれて泣いて帰ってきた餓鬼大将の行状《ぎょうじょう》を表沙汰にすることはなかったからだ。


「お琴も棒術だか薙刀だかを習いたいのか」

「お琴ちゃんは稽古《けいこ》を見るのが好きなの。わたしもお琴ちゃんに誘われて初めて道場に見にいったのよ」

「なんてこった、娘ふたりが棒術の稽古を見物だと」

と広吉が呆《あき》れて言葉を失った。

「大河内の隠居さんから、武術の稽古の見物が好きか、と問われたわ。わたし、見るより稽古がしたいといったら、笑い出したわ」

「だろうな。娘が、それも町人の娘が棒術の稽古などおかしいと思われたんだ」

「お父つぁん、違うわよ。こんなご時世だ、町人の娘が武術の稽古もいいかもしれんと言われたのよ。それでね、何度も通っていくうちに、お父つぁんの許しを得てこい、そしたら、道場で稽古をさせてやろうって」

「お琴もいっしょにか」

「お琴ちゃんはわたしが稽古をするのを見物するだけよ」

と桜子が言い切った。広吉は、

「ううーん」

と唸《うな》った。広吉が考えた娘の将来とは違う習いごとだった。

「ダメなの。最前は桜子の好きなことなら稽古代出してくれると言ったじゃない」

「言ったな。だがよ、まさか棒術だなんだって、侍の修行とは考えもしなかったんだ」

「大河内の隠居さんは、お父つぁんを連れてこいとも言われたのよ」

「魂消《たまげ》たな」

と戸惑いを見せた広吉が、

「桜子、さがみの親方とおかみさんに相談していいか。ふたりが侍の真似《まね》ごとはダメだといったら、ほかの習いごとに替えねえか」

広吉の提案に桜子がしばし迷い、こくりと頷いた。

次の日の夕方、仕事を終えた広吉がさくら長屋に戻ってきて、夕餉の仕度をしていた桜子に、

「猪之助《いのすけ》親方はな、『桜子が棒術の稽古だって、もっと娘らしい習いごとはないか』と言われたがな、おかみさんの小春《こはる》さんがよ、『あら、棒術だっていいじゃない。桜子ちゃんは愛らしい娘よ、大人になったら悪さを仕掛けてくる男衆がいるかもしれないでしょ、そんなとき、修行した棒術でやっつけちゃえばいいのよ』と言われてな、親方も黙り込んだのよ。まさか、おかみさんがな」

と言いながら広吉は首を捻《ひね》った。

「おかみさんがいいと言ったのよね、お父つぁん」

「まさかおかみさんがそんなことを言うとはな」

と顔を顰《しか》めた。

親子は知らなかったが、船宿さがみの女将《おかみ》の小春は、苛められたお琴の仇《かたき》を桜子が二度にわたって討ったことを承知していたのだ。そして、桜子の長身のなかに亭主と娘を捨てて男と出ていったお宗の激しい気性が、血が流れていることを気にかけていた。そんな激情を武術の稽古が鎮《しず》めてくれるならば、と考えたのだ。

「お父つぁん、いつ、薬研堀に行ってくれる」

「今日はもう遅いや。明日の朝でどうだ」

「やった」

と桜子は叫んでいた。

翌朝、朝餉《あさげ》を食したあと、

「桜子、薬研堀を訪ねる考えに変わりはねえか」

「ないわよ」

とあっさり娘に返事をされて、もはや広吉はなにも言わなかった。

薬研堀の直参旗本御同朋頭《ごどうぼうがしら》二百七十石の大河内家が代々伝える香取《かとり》流棒術は、刀の斬《き》り合いなど厄介な時に、六尺ほどの長さの棒で身を守ろうと考案された武術だった。そんな大河内家の御同朋頭の実収入は百十五石で、敷地は四百六十余坪だった。片番所付の長屋門の向こうから棒で打ち合う音が響いてきた。母屋《おもや》とは別の棟に香取流棒術道場はあった。道場の傍《かたわ》らには五、六十坪ほどの畑があって鶏がえさを啄《ついば》んでいた。

「桜子、おめえ、この屋敷に入って道場を覗いたか」

「うん、お琴ちゃんといっしょにね」

「道場主は隠居といったな。ご当主は道場と関わりないか」

「大河内の殿様は見たことない」

「隠居の名はなんといわれる」

「さあ、みんな、大河内の大先生とか大師匠、ご隠居などと呼んでいるわ。名なんて知らない」

広吉は長屋門を潜ったはいいが、道場に入りたくないのか、桜子にあれこれと問うた。

「お父つぁん、道場に入るの入らないの」

「おまえは道場に入ったことがあるか」

「ないわよ。ほら、畑のほうが縁側になっていて道場が覗けるの。そっちから覗いてみる」

「どうしたものか」

と広吉が迷っていると、

「おお、親父さんを連れて参ったか」

と六尺棒を手にした長身の若侍が道場の表口に姿を見せて桜子に声をかけた。

「ああ、若様、うちのお父つぁんです」

と娘が笑顔で応じた。

「よう親父さんを説得したな」

と桜子に若様と呼ばれた若侍が、

「親父どの、それがしは当道場主の孫の大河内小龍太《こりゆうた》じゃ、うちの爺様に会いに来られたのじゃな」

と小龍太が広吉に質した。

「へえ、うちのが妙なことを申し上げて迷惑しているんじゃありませんかえ」

と広吉が小龍太に遠慮げに問うた。

「迷惑はしておるまい。うちの爺様の子は男ばかりでな。それがしの父の子もわれら男ばかり三人でな、それがしが次男坊だ。つまり、爺様は男くさい屋敷と道場にうんざりしておるのだ。そこへそのほうの娘ともうひとり、ちびの娘が道場を覗くようになってな、えらく喜んでおるわ。あのちび娘、本日はこないか」

「お琴ちゃんは、棒術の稽古はいいそうです」

「ふーん、で、そなたは棒術の稽古をする気できたか。おお、かような問答は爺様の役目じゃな。そなた、名前はなんだ」

と小龍太が聞いた。

「は、はい。桜子です」

「桜子か、よい名じゃ」

初めて声をかけてきた若様の小龍太はえらく気さくな人柄だった。

「あのう、もし入門を許されたとしたら、稽古代はおいくらでしょう。ああ、その前に入門料をいくらお支払いすればよろしいですか」

娘が気がかりなことを尋ねた。

「桜子、そなた、いくつか」

「八歳になります」

「八歳か、背丈が大きいな」

「若様、もう五尺もありますんで」

と広吉が桜子に代わって答えた。

「五尺か、結構結構大いにけっこう。しっかりとした娘御ではないか」

母屋の敷台に立つ小龍太は、六尺はありそうな若武者だった。

「うち、おっ母さんがいません。だから、船頭のお父つぁんに代わってわたしが内所《ないしょ》のやりくりもしています。だから、お金のことも聞いておきたいのです」

「おお、それで入門料が気になったか」

と得心《とくしん》した小龍太が、

「うちはな、格別に入門料などの決まりはないと思うな。一応、大河内家は直参旗本、このぼろ屋敷も御公儀からの拝領屋敷じゃ。そんな屋敷で棒術を教えて金子《きんす》を公に要求できるものか。支払いたいものが盆暮れになにがしか、道場の片隅に置かれた竹籠に入れていくのだ。娘のそなたはかかりのことなど考えるな」

桜子が大人びた顔で小龍太を見た。おそらく若様は十七、八歳かと思った。

「それでよろしいので」

「この先は爺様と話せ」

「はっ、はい」

と返答した桜子が広吉を見た。

「お父つぁん、ご隠居様に桜子の入門をお願いして」

と娘に乞《こ》われてがくがくと広吉が頷いた。

三

大河内の大師匠とか隠居とか呼ばれる大河内立秋《りつしゅう》老は親子を見て、

「おお、親父どのを伴ってきたか」

と破顔した。

「そのほう、船宿さがみの船頭じゃな」

と言われた広吉は驚いた様子で隠居を見直した。

「わっしの猪牙に乗られましたかえ」

「貧乏旗本の隠居が猪牙舟に乗るようなことはないわ。そなた、薬研堀に時折り、舟を乗り入れておらぬか」

「へえ、船越《ふなこし》様の御屋敷のご用人様にはしばしば御用立て頂いております」

「おお、船越家は中奥《なかおく》御小姓《こしょう》、五千五百七十六石ゆえ用人どのも船宿を使われるか」

と立秋老がうらやましげに漏らし、

「この娘が父親のそなたの猪牙舟で竹棹なんぞを使っているのを見たわ」

と言い添えた。

「えっ、わっしの娘と承知でしたか」

「おお、幾たびも道場を覗きにくるふたりの娘のひとりがそのほうの身内と承知していた」

なんと桜子が父親の猪牙舟に同乗しているのを見たというのだ。桜子は白髪頭《しらがあたま》を見て、

「おどろいた」

と言った。

隠居は、桜子の父親がだれか承知の上で、許しを受けてこいと言ったのだ。いや、隠居は、桜子の境遇さえ知っている表情を見せた。

「どうだ、気持ちは変わらぬか」

と桜子の顔を見ながら問うた。すると孫の小龍太が、

「爺様、名は桜子じゃぞ」

と告げた。

「おお、竹棹娘は桜子というか、よい名じゃ」

と小龍太と同じ言葉を吐いた。

「小龍太、そなた、桜子と立ち合ってみぬか」

「うむ、棒術を知らぬ娘にそれがしが相手をせよというか」

「おお、なかなかの背丈にして、親父どのの猪牙舟にて棹を使いこなし、櫓をき

びきびと漕いで助《すけ》船頭をしておるわ。足腰は並みの男よりしっかりしていよう」

と大河内家の隠居が言い放った。

「そうか、桜子は猪牙の助船頭をしておるか」

「はい、わたし、大きくなったらお父つぁんのように船頭になりたいのです。でも、船頭に女はいないとお父つぁんに言われて、かわりに習いごとを許してくれるというので、こちらに来ました」

「なに、桜子は船頭になる代わりに棒術を習うというか」

と小龍太が聞いた。

「はい」

との桜子の返事を聞いた隠居の立秋老が、うんうん、と頷き、孫の小龍太に顎《あご》で合図をした。

「よし、桜子、猪牙の助船頭をしているなら、六尺の棒など楽に振り回せよう。棒を持ってみよ」

と壁に掛かった六尺棒を一本摑《つか》んで桜子に渡した。

桜子は受け取った棒が長い竹棹と比べて軽いことに気付いた。

「どうだ、好きなように振り回してみぬか」

と小龍太が勧めた。

道場では十数人の門弟が稽古していたが、道場の真ん中を開けてくれた。

桜子は初めて床に立ち、道場を見回した。広さは百畳あるかなしか、武道場としてはさほど広くはない。

門弟衆が稽古を止めて、桜子の動きをじいっ、と見ていた。

「桜子、猪牙の竹棹と思い、振り回してみよ」

「若様、猪牙舟の竹棹は振り回しません。船着場や土手を突いて猪牙の行き先を定めるのです」

「そうか、ならば六尺棒をそのように使ってみよ」

「短いです」

「おお、棒術の棒は、せいぜい六尺の長さよ」

と桜子の手から六尺棒を取り上げた小龍太がつかつかと道場の中央に向かうと、いきなり突きを見せた。その技はこれまで桜子が覗き見てきたものより迅速だった。突きに上段からの振り下ろしや横手や下段からの動きが加わり、なんとも多彩だった。

「やってみよ」

と小龍太が六尺棒を桜子の手に返した。

もはや桜子は覚悟を決めて棒を使うしかない。筒袴《つつばかま》の稽古着と違い、富沢町《とみざわちょう》で広吉が購《あがな》った古着だ。単衣《ひとえ》の裾《すそ》を気にしながら、最前、小龍太が見せた突きを試みた。いったん体を動かし始めれば、手足が勝手に動き、六尺棒が間断なく振り回された。

猪牙舟の上で長い竹棹を操ることを桜子の体が覚えていた。小龍太の動きを真似て、桜子は六尺棒を使った。

「おおお、桜子はやりおるわやりおるわ」

と棒術道場の道場主の立秋老が喜んで孫の小龍太の顔を見た。

一方広吉のほうは、初めて道場に上がり、初めて六尺棒を持たされたにも拘《かか》わらず自在に振り回している娘に驚きの眼差《まなざ》しを向けた。

「親父さん、どうだ、娘の棒振り」

と小龍太が笑いかけた。

「女房がいないもんで、こいつはいつも柳橋の餓鬼どもと遊んでいまさあ。それで覚えたかね」

「違うな。親父さんの猪牙で棹や櫓を使いこなしてきたことがこの動きを生み出しておるとみた。それだけではないな、桜子は棒術の才を持っているかもしれんな。おれの動きをあっさりと真似しておるわ」

「さっきの若様の真似ですかえ、桜子の動きは」

「おお、たった一度見せただけの技をもう真似ておるのよ」

小龍太に言われた広吉はもはや言葉をなくしていた。

「桜子、止めよ」

隠居が叫び、桜子が棒振りを止めた。

「どうだ、六尺棒を振り回してみて」

「竹棹より短いので勝手が違います」

「勝手が違ってあの振りか」

と苦笑いした立秋老が、

「小龍太、相手をしてやれ」

と孫に命じた。

「桜子、それがしとの立ち合いはどうだ」

息ひとつ弾ませていない桜子が紅潮した顔を向けて、

「お願いします」

と返事をした。小龍太は壁に行くと少し迷った末に竹刀《しない》を手にした。

「それがし、竹刀で相手するがよいか」

「かまいません」

大河内小龍太は、棒術のほかに香取神道流《かとりしんとう》の剣術の目録の会得者だ。むろん素人《しろうと》の娘と本気で立ち合う心算《つもり》はない。桜子が棒術の修行をどう考えているか、立ち合ってみようと思ってのことだ。

桜子の前に立った小龍太が、

「それがしが竹刀を持ったからといって、そなたを軽んじておるのではないわ。六尺棒で相手するより竹刀のほうがやり易かろうと思っただけだ」

「いえ、大丈夫です」

「大丈夫とはどういうことか」

「いえ、若様が棒術ばかりか剣術の達人と承知しています。わたしなど負かすのは容易というておるのです」

ふっふっふふ、と笑った小龍太が、

「それがしが達人な、えらく勘違いしてくれたものだ。だれぞに聞いたか」

「お琴ちゃんが、ああ、わたしといっしょに道場の稽古を縁側から覗いていた仲良しです」

「おお、ちび娘じゃな、それがどうした」

「お琴ちゃんは寺子屋の娘で物知りです。そのお琴ちゃんが近くの道場でご隠居先生のことも若様のことも聞き出して教えてくれました」

「なんと下調べしての立ち合いか。爺様、桜子はうちに道場破りに来たのと違うか」

最前から大笑いしていた立秋老が、

「小龍太、油断はするな。道場の看板を下ろすことになるぞ」

「爺様、せいぜい頑張って相手をします」

と応じた小龍太が、

「待たせたな」

と桜子に言い、

「香取流棒術などと余計なことは考えずに好きなように六尺棒を使え」

と命じて両人は間合い一間ほどで対峙《たいじ》した。

小脇に棒を掻《か》い込んだ桜子が、

「ご指導ください」

と願った。

首肯《しゆこう》した小龍太が竹刀を正眼《せいがん》に構えた。

一方、桜子は左手を前に、右手をうしろに六尺棒を保持して構え合った。棒の先端は床近くを指していた。その構えを見た小龍太は、

(どこで覚えたものか)

と訝《いぶか》しんだ。それなりにかたちになっていたからだ。

「参れ、桜子」

と誘いをかけた小龍太は軽やかな正眼の構えを保持したままだ。

「いきます」

と応じた桜子がいきなり下段の六尺棒の先端を小龍太の右腰へと伸ばした。桜子は長身なだけではなく手足も長かった。その利点を生かした伸びやかな棒が六尺余の長身の小龍太を襲った。

正眼の竹刀が六尺棒の先端を軽く叩いて外した。すると桜子が踏み込みながら二の手、三の手を小龍太の左右の腰に振るい続けた。

素人娘の怖いもの知らずだけとは思えないほど、落ち着いた攻めだった。むろん物心ついたころから棒術道場を遊び場にしてきた小龍太は、桜子の攻めを軽や

かに弾《はじ》いて躱《かわ》した。

相手からの反撃はないと察した桜子は間断なく左右の腰へと六尺棒を振るって攻め続けたが、不意に踏み込みを止めると、瞬時に六尺棒を突きに替えて、小龍太の喉元《のどもと》へと伸ばしてきた。

小龍太の力を知る道場の門弟には、喉元へと棒の先端を攻め込む者などいなかった。小龍太は間合いを微妙に外しつつ、竹刀で棒の先端を弾いて横手に流した。

が、桜子はすぐに六尺棒を返すと、平然として喉元への攻撃を繰り返した。桜子の攻めが長々と続いた。一方、小龍太のほうは桜子が攻めやすい体勢と動きで攻めを続けさせていた。

「ほうほう、なかなかやりおるな、そのほうの助船頭は」

と傍らで言葉もなく娘の動きを凝視する広吉にご隠居こと立秋老が言った。広吉には返す言葉が見つからなかった。

桜子の攻めは執拗に続いたが、段々と足腰の動きがぎくしゃくしてきた。

「親父どの、なんぞ言うことはないか」

「ご、ご隠居、若様の竹刀は攻めには転じないよな」

「孫とはいえ、小龍太の攻めまで責任はもてぬな」

「まさか、さ、桜子の脳天に最後に一発かませまいな」

「孫が反撃を考えておるかどうか、わしゃ、知らんぞ」

「そんな、素人相手にそれはねえよな」

と広吉が案じた。

「そのほうの娘、なかなかやりおるのう。わしの孫も手を焼いておるのではないか」

とふたりの動きから目を離すことなく言い放った立秋老がちらりと広吉を見た。

真っ青な顔を引き攣《つ》らせた広吉が、

「ど、どうすればいい、ご隠居。止めさせてくれ」

「そなたの娘が攻めておるのじゃぞ。立ち合いを止めるのは桜子よ」

「そんな馬鹿な。娘は、船頭の真似ごとで竹棹を使うことしかできねえよ。船着場は反撃しないからよ。頼む、隠居、立ち合いを止めてくれ」

と広吉が懇願した。

ご隠居の立秋老は桜子の足の動きがさらに鈍くなっているところを見ていた。

「親父どの、桜子をわが棒術道場に入門させてみるか、どうだな」

「えっ、うちの娘を棒術道場に入門させてくれるのか」

「おお、それを約束すればこの立ち合い、止めさせようか」

「た、頼む」

と願った広吉の顔を見た立秋老がにやりと笑い、

「小龍太、桜子、立ち合い、止めよ」

と命じた。

その声を聞いた小龍太が足を払ってきた六尺棒を竹刀で掬《すく》うように弾いて、ひょいと飛び下がった。

桜子は眩《くら》む視界の中で小龍太が最初の対峙の場へと軽やかに下がったのを見た。こちらが勝手に攻め、相手は余裕をもって外しただけだった。腰が砕けそうなのは自分だけだった。必死で元の場に戻ると、

「若様、お相手ありがとうございました」

と礼を述べた。

「どうだな、初めての棒ふりの立ち合い」

「わたしの考え違いでございました」

「どういうことか」

「話にもなにもなりません。子供の遊びを若様に受けて頂きましてご迷惑をかけ

ました」

「ほう、わが香取流棒術大河内道場への入門は諦めたか」

との小龍太の思いがけない言葉の真意を桜子はどう受けとめていいか、迷った。

「えっ、わたし、こちらの入門が叶《かな》うのですか」

「桜子、そなたの攻め、なかなかであった。とは申せ、入門を決めるのはわが爺様でな、そなたが問うてみよ」

と小龍太が答えた。

桜子が道場主大河内立秋老を見た。

「そなたが申すとおり、小龍太との立ち合い、子供の遊びであったかもしれぬ。だがな、当今の武家方が入門したいとわが道場を訪れて孫と立ち合いをなすが、大半がそなた以下の気力体力でな。力量もないくせに言うことだけは一人前《いちにんまえ》、真剣みに欠けよるわ。そなた、この立ち合いで己の力を承知したな。このことが大事なのだ」

と言った立秋老が小龍太を見た。

「爺様、町屋にも末恐ろしき娘がおりまするな」

「おお、驚いたわ。近ごろ、そなたに遊びとは申せ、四半刻《しはんとき》（三十分）近く攻めかかった入門志願者の覚えはないな」

道場主の言葉に桜子が驚いた。なんと四半刻近くも小龍太は相手をしてくれたのか。

「桜子」

と小龍太が呼び、

「よいか、棒術が少々出来たからといって、このご時世、なんの役にも立たぬぞ。それを承知ならば、わが爺様に入門を願え」

と言い添えた。

その場に座した桜子が大河内立秋と孫の小龍太に深々と頭を下げ、

「道場への入門、お願い申します」

と願った。

その模様を父親の広吉が茫然自失《ぼうぜんじしつ》して見ていた。

桜子が香取流棒術大河内道場に入門した経緯だ。

四

桜子が大河内道場に入門して丸六年になろうとしていた。背丈は五尺六寸を超えたあたりで止まった。

道場には暇を見つけて毎日のように稽古に通った。父親の広吉と朝餉を食し、片付けを済ませた桜子はすぐに薬研堀の道場に向かい、一刻（二時間）ほど棒術の稽古をした。そして、帰りには吉川町の表之湯の朝風呂で汗にまみれた体をさっぱりと洗ってさくら長屋に戻った。

その折り、いつも柳橋の神木三本桜の前で、

（お父つぁんが仕事で怪我《けが》などしませんように）

と祈るのが習わしになった。

桜子が薬研堀の棒術道場に通っていることをさくら長屋の住人は最初の何年かは知らなかった。知っているのは相変わらずちびのお琴だけだ。そのお琴が長屋の連中に、

「桜ちゃんは毎朝、うちに読み書きを習いに来ているの」

と話したことでそう信じられていた。事実、道場に行かない日は、お琴の父親が開く寺子屋に通っていたから、

「桜ちゃんは熱心だね」

「船頭の娘が読み書き覚えて、なにか役に立つかね」
などと言い合ったが、ほぼ毎朝出かける桜子が、まさか棒術道場に通っている
なんてさくら長屋の住人は考えもしなかったのだ。
稽古着の洗濯は道場の井戸端でさせてもらい、干すのも道場の庭に干し、取り
込むのは小龍太の母親の茂香《しげか》にしてもらった。
こんな風に、桜子が何年も熱心に道場通いするうちに、大河内家でも身内同然
に遇してくれるようになっていた。
香取流棒術の基《もとい》を道場主の大河内立秋老と師範代の小龍太のふたりがとことん
教え込んでくれた。すると二年も過ぎたころから桜子の棒術はかたちになり、動
きもきびきびとしたものになった。
「爺様、桜子の棒の扱いがうまくなったと思わぬか」
と小龍太が隠居の立秋老に言い出したのもそのころだ。
「おお、形になってきたな。あと一、二年頑張るとそこそこの技量に達するな」
と応じたものだ。
この桜子に口頭で指導をするのは隠居の立秋老で、直《じか》に相手をさせるのは小龍
太に限られていた。道場に通うほかの弟子たちは、

「娘がようも棒術の稽古に通って来るものよ」

「そのうち止めると思ったがな。近ごろではかたちになってきたぞ」

などと言い合った。

十四歳になった桜子がその朝、稽古していると、

「頼もう」

と声が響いて小龍太が、

「どうれ」

と応じて道場から姿を消した。しばらく道場の表口でやり取りしていた声が途絶え、小龍太が四人の若者を連れてきた。

「何者だ」

「爺様、道場破りじゃ」

とどことなく訝しげに小龍太が返答した。

立秋老が道場破りの若者を見た。御家人か下級旗本の次男、三男坊らしき風体《ふうてい》だった。そのひとりは右肩から腕を吊《つ》っていた。

「うーむ、貧乏道場に道場破りな、なんぞ企《くわだ》てがあってのことか」

「なくもない。この者たち、八辻原《やつじがはら》の御家人の子弟にして神田明神下の町道場の

門弟と称しているが、とてもそのようには見えぬ」

と小龍太が言った。

「おのれ、われらを蔑《さげす》みおるか、旗本とて許しはせぬ」

と四人の頭分と思しき大柄な若侍が小龍太に突っかかった。

「おお、聞いておったか。許せ、それがし、ついうっかりしておった。そうか、聞いたか」

と独り言を漏らした小龍太が、

「爺様、この者たち、わが道場の女門弟桜子との勝負を望んでおるのだ。このような者を道場破りと呼んでよいのかのう」

独り稽古をしていた桜子は自分の名が小龍太の口から漏れて、びっくりして小龍太と四人を見た。

「うむ、わが女門弟と勝負じゃと」

と応じた立秋老が、

「御家人の子弟が、なんの曰《いわ》くがあってわが門弟との勝負を望むか」

と四人に聞いた。

「おお、曰くはござる。わが仲間の橋場《はしば》種三郎《たねさぶろう》を見てみよ、腕の骨が折れておるわ」

「それがわが門弟と関わりがござるかな」

「つい数日前、種三郎が当道場の女門弟桜子なる者から受けた狼藉《ろうぜき》にて折れたものだ」

頭分が言い放った。

道場にいた門弟衆が呆然として二十歳になったかならずの四人組をしげしげと見たが、なにも言葉は発しなかった。

「そのほうの名を聞こうか」

と立秋老が質した。

「それがしか、下谷七軒町三味線堀《したやしちけんちょうしゃみせんぼり》に住まいする竹部昌義《たけべまさよし》が倅の竹部甚八郎《じんぱちろう》である」

「竹部甚八郎な、そのほうの仲間の橋場某《なにがし》は、わが女弟子から狼藉を受けたと申すか」

「おお、怪我の治療代を申し受けたい」

と甚八郎が言い、

「ちょっと待った。そのほう、表口ではさような経緯《いきさつ》は告げなかったな」

と小龍太が口を挟《はさ》んだ。が、

「まあ、よい。一応桜子に質そうではないか」

と立秋老が言い、

「桜子、この者の申すことに覚えありか」

「ございます」

「仔細《しさい》を申せ」

「三日前、当道場の朝稽古の帰り、米沢町の寺子屋、お琴ちゃんの家に立ち寄りました。その折り、あの腕を吊っている御仁かどうか知りませぬが、秋の祭礼が近いゆえ、祝儀《しゅうぎ》を差し出せと談判中でございました。うちはさような祭礼に金品を出すような余裕はない。ほかをあたってくれぬか、と寺子屋の師匠にしてお琴ちゃんの父御が申されました」

「当然だな」

と小龍太がうんうんと桜子に頷いた。

「ところがその者ともうひとりが、『出さぬなら、寺子屋が立ち行かぬようにしてくれん』と木刀を振りかざして寺子屋の看板を叩き壊そうとしましたゆえ、わたしが止めに入り、木刀を取り上げました。その程度の騒ぎにございまして、腕の骨が折れるようなことは決してありません」

　と言い切ると桜子は橋場を見ながら首を捻った。

「おうおう、桜子ならばこやつら相手に素手でも太刀打ちできような」

　と棒術道場の大河内立秋老が満足げに言い放った。

「この騒ぎの経緯は寺子屋の師匠やお琴ちゃんたちがしかと見ております。大番屋や奉行所に出ても、みなが話してくれると思います」

　と言い添えた。

　ここまでのやり取りを聞いた甚八郎が、

「種三郎、そのほう、なにもしておらんのに、いきなり桜子なる女子《おなご》から木刀で腕を叩かれたのではないのか」

　と弟分に糺《ただ》した。

「いえ、それが」

　と種三郎が黙り込んだ。形勢が悪くなったと見た甚八郎が、

「ともかくその女子のせいで仲間が怪我をしたのは確かである。治療代を出すか、出さぬと言うならそれがしと立ち合って勝ち、借りを返すか、どちらか選べ」

　と大声を発した。

「呆れたわ」

と立秋老が漏らし、

「甚八郎とやら、経緯は桜子の申したとおりじゃ。そのほうら、仮にも御家人の子弟であろうが。腰に差した大小は竹光《たけみつ》ではあるまい。素手の娘ひとりに木刀を取り上げられて、反対に腕を折られた弟分の体《てい》たらく、恥ずかしいと思わぬか」

と大河内立秋老の叱声《しっせい》が飛んだ。

「それがしの腰の大小を竹光と罵《ののし》ったな。許せぬ、そのほうら相手に一戦交えねば、われらの沽券《こけん》にかかわる」

と言い出した。

「おい、甚八郎、そのほうの腕ではうちの新米門弟にも太刀打ちできぬわ。このまま黙って道場から消えよ。ならば忘れて遣わす」

と小龍太が怒鳴った。

「おう、そのほうが相手か、おもしろい」

甚八郎が塗の剝《は》げた大刀の柄《つか》に手をかけた。

小龍太が壁に掛かった六尺棒を取りにいこうとした。そこへつかつかと桜子が歩み寄ってきて、

「若先生、この騒ぎの発端はわたくしでございます。わたくしめに相手をさせてください」

と願った。

「なに、桜子が出ると申すか」

小龍太が祖父を見た。

「そうよのう、この者たちの相手、桜子でも勿体《もったい》ないが、やらせてみるか」

と香取流棒術大河内道場の大先生の隠居が言い出した。

「爺様、それがしが両人の立会人を務めてようございますか」

小龍太が道場で血が流れる騒ぎだけにはすまいと自ら申し出た。その言葉を聞いた立秋老が、

「甚八郎、そのほう、刀など止めて木刀勝負にせぬか。ならばなにがあっても道場での稽古、あるいは立ち合いとして収められるがのう」

と言った。しばし考えた甚八郎が、

「よし」

と大刀の柄から手を離して腰から大小を抜くと、甚八郎の仲間が大小に代えて手にしていた木刀を渡した。

かくて思いがけないことに桜子は馴染んだ六尺棒を手に道場の真ん中に立って打ち合いを経験することになった。

若いが百戦練磨の小龍太が、

「よいか、勝負は一本、どちらかが打たれた時点で終わりじゃ。それがしの命《めい》に必ず従うこと。相分かったな」

と両人に告げた。

「はい」

と桜子が答え、甚八郎が頷いた。

桜子だけが相手に一礼し、六尺棒同士の立ち合い位置に下がった。

甚八郎は木刀をいったん正眼に構えたが、桜子の棒の先がわずかに床に向けられているのを見て上段へと移していった。

その動きのあと、両者は睨《にら》み合った。

甚八郎には、いささか勝手が違うといった戸惑いが見られた。

一方、桜子は、この六年の香取流棒術で学んだ基を思い出し、心を平静に保って、相手が動くのを待った。

構え合った瞬間、桜子は相手がそれなりに剣術の稽古をしてきたと分かった。

だが、相手の力と技量は変えようもない。自分の稽古で得た直観に頼ると肚《はら》を決め、まず相手の動きを待つと覚悟した。

長い対峙となった。

不動の睨み合いに焦《じ》れたか、甚八郎の上段の木刀が下りてきた。

その動きを桜子は見ていた。

正眼に戻す動作の直後、甚八郎の木刀が桜子の喉元を狙《ねら》うと、

「おう」

と叫びながら踏み込んできた。

後《ご》の先《せん》。

甚八郎の突きを見て、水の流れに逆らって岩場を遡上する鮎《あゆ》のように桜子の六尺棒が躍った。

木刀の突きと下段からの棒の振り上げは、動きのよい桜子の棒が寸毫《すんごう》速く甚八郎の腰骨を叩き、横手に飛ばしていた。

「勝負あった。香取流棒術大河内道場門弟桜子の勝ち」

との小龍太の声が道場に響き渡った。

「ああー」

と悲鳴を上げたのは甚八郎の仲間だ。

床では倒れたときに頭でも打ったか、甚八郎が転がって首を揺らしていた。

「おい、竹部甚八郎、己の力を悟ったか。うちの女門弟、桜子に尋常の打ち合いで負けたのだ。以後妙な真似をするでない。相分かったか」

と小龍太が話しかけたか、返事をする力も残っていないらしい。いや、女門弟に仲間の前であっさりと倒されたのが衝撃のようだった。

「おい、そのほうら、こやつを連れてさっさと帰れ」

と命じた小龍太がつかつかと種三郎に歩み寄り、肩から吊った仰々《ぎょうぎょう》しい白布を摑むと、ぐっと引っ張った。

「あ、痛《いた》たた」

と叫んだ種三郎の腕をとった小龍太が右腕のひじに巻いた布もはぎ取った。そこには青あざがかすかに残っているだけだった。

「爺様、こやつら、大番屋に連れていきましょうか。叩けばいくらでも悪事が出てきましょう。獄門台に首を晒《さら》されるほどの大悪事はしておりますまいが、江戸払いか島送り程度の沙汰が命じられる悪さはしておりませぬか」

と言い出すと、

「小龍太どの、それがし、一文の渡し場の傍《そば》、大番屋に出入りしております」

と門弟のひとりが申し出た。

「おお、そなたは丹後田辺藩《たんごたなべ》江戸藩邸の目付方《めつけかた》にござったな。ならば、そなたに願おうか」

と小龍太が応じると、道場の床に転がって首を振っていた甚八郎が、がばっ、と起き上がるや仲間を残し、道場の外へと脱兎《だっと》の如《ごと》く逃げ出した。

「ま、待て」

とその場から動こうともせぬままに小龍太が大声を上げると、残りの三人の仲間も這《ほ》う這《ほ》うの体《てい》で大河内道場から逃げ出した。

「爺様、いくら御家人の次男三男坊とはいえ、もう少し骨のある冷や飯食いは残っておりませぬか」

「小龍太、このご時世じゃぞ。うちのように本気で稽古をしている町道場などないわ。あの程度の輩《やから》でも甘い汁が吸えたか」

と立秋老が呆れ顔で言い放った。

「大先生、若先生、わたしの不始末をようも助勢してくださいました。申し訳ないことでございました」

「桜子、話を聞くだにそなたの行い、爪の先ほどの悪さもしておらぬ。却《かえ》って朋《ほう》輩《ばい》のちびのお琴の寺子屋を助けたのではないか」

と隠居が言い、続けて、

「桜子、うちに通うようになって六年か、よう頑張ったな。竹部甚八郎とてそこその剣術の技量は持っておるわ。あやつとの勝負、後の先で破った一撃、なかなかのものであったな。そう思わぬか、小龍太」

「爺様、いえ、桜子の業前《わざまえ》より度胸をそれがし、見習いとうございます」

と小龍太も応じたものだ。

桜子はふたりのこの言葉を聞いて棒術の修行を生涯続けようと胸中で決意した。

第二章　猪牙舟の客

一

　桜子が柳橋の三本桜に会って十五回目の春を迎えた。むろん最初の三、四年、新芽といっしょに花が咲くのを見た記憶はない。神田明神の紙垂を垂らした注連縄が張られた神木の老桜を、遠い昔、母親のお宗といっしょに見たような記憶があったが、それはのちに桜子が、

（そうあったらよかったのに）

と願ったからかもしれなかった。

　ともかく三本桜が満開の季節、さくら長屋やその界隈の子供たちは忙しかった。客の接待をするからだ。桜子たちは春の陽射しのもと、汗をかき、のどが渇いた

見物客に前日から用意していた麦湯をせっせと接待した。いつもは竹棒を携《たずさ》えて立ち回りごっこに精を出す男の子まで手伝った。すると江戸じゅうから柳橋の三本桜を見物に来た客たちはなにがしかの銭を子供たちに渡そうとした。そのたびに姉さん株の桜子は、

「神木三本桜の見物はただです。どうか気にしないでください」

と対応していたが、

「背高のっぽの娘さんよ、柳橋の富士塚に登るお代だ。大した銭じゃねえよ、薪《まき》でも買う足しにしねえな」

とか、

「三本桜とさがみ富士、なかなかの見物ですよ。それにおまえさん方、子供衆がてきぱきとごみを拾い、見物客を上手に案内《あない》してくれるお礼ですよ」

とか言って銭を置くのが習わしになった。

この数年、神田明神の御札と注連縄を張った三本桜と富士塚のさがみ富士目当ての客が一段とふえ、串だんごや饅頭や蒸かし芋などを売る屋台が何基も並んで、神田川の向こうや両国西広小路からぞろぞろと見物にくる人々相手に商いをなした。

そんな商売人からは、桜子たちの無料の接待に対して、

「おい、おめえたち、無料で見物人に茶を飲まされたんじゃ、おれたちの商いに差し支《つか》えがあらあ。止めてくんないか」

との文句も出た。なかにはやくざ者が凄みを利《き》かせることもあったが、桜子が出ていって、

「お兄さんがた、茶の接待は昔からの柳橋の子供たちの習わしです。皆さんの商いの邪魔は決してしてしません」

と丁寧に対応した。

「なに、てめえは男か女か、火の見櫓《やぐら》みてえにひょろりと高えな。途中で叩き折って窯《かま》にくべようか」

と柳橋界隈を知らない連中が凄みを利かせたが、

「おい、中途半端な刺青《ほりもの》のお兄さんよ、止めときな。その娘さんをだれだと思っているのだよ」

と土地の年寄りに言われた。

「おい、ひょろりの娘に曰くがあるか」

「おお、香取流棒術大河内道場の門弟の桜ちゃんだよ。おめえらがいくら凄んだ

って、どうにも太刀打ちできねえよ」

「な、なにっ。娘ひとりにびびる小名木川《おながわ》の熊《くま》じゃねえや」

「熊だか虎だか知らないが、桜ちゃんの棒術を食らって屋台ごと退散しなよ」

とか言われて小名木川の熊は多勢に無勢もあって黙り込んだ。

山桜が散って葉っぱばかりになったころ、さくら長屋のおかみさん連のひとり、す江《え》が、

「ちょっと桜ちゃんさ、おっ母さんをこの界隈で見かけたって人がいるんだがね」

と耳打ちした。

「おっ母さんって、だれのおっ母さんのこと」

「そりゃ、桜ちゃんのおっ母さん、お宗さんに決まっているだろうが」

桜子はしばし黙り込んだ。

「わたし、おっ母さんの記憶ってほとんどないの。会ったところでどうにもならないわ、おばさん」

「そりゃ広吉さんと幼いおまえさんを捨てて出ていったおっ母さんだ、そういうしかないやね。だけど血を分けた母親には間違いなかろうじゃないか。会えば」

「会えばどうにかなるの。この話、お父つぁん、知っているの」

「広吉さんに言えるわけないやね。まず桜ちゃん、おまえさんに教えておこうと思ったのさ」

「ありがとう。もういいわ、この話」

と桜子はさくら長屋の女衆の親切を拒んだ。ためか、この話はそれきりになった。


数日後のことだ。

桜子は朝稽古が終わって長屋に戻ろうとしたとき、小龍太に呼び止められた。

「隠居が桜子に話があるそうだ、ちょっといいか」

「えっ、厄介ごと」

「さあてな、まず隠居と会わないか」

桜子は小龍太も承知の話だと思ったが、頷いた。この日、珍しく大河内家の隠居は桜子を母屋に招き、小龍太が案内してそのまま同座した。

「おお、来たか」

道場主の大河内立秋老が迎え、台所から小龍太の母親の茂香が茶菓を運んできた。

「桜子ちゃん、変わりないわね」

と声をかけた御新造《ごしんぞ》と呼ばれる茂香に桜子は、

「わたしもお父つぁんも変わりありません」

と答えていた。

「それはいいわ。桜子ちゃんは甘いものが好きかしら」

と聞いた。

盆には米沢町の菓子舗たきざわの最中《もなか》が載っていた。

最中とは元々、御免色里の吉原の煎餅屋《せんべいや》に売られていた、もち米で造った煎餅に砂糖をまぶした餅菓子、最中の月のことだった。それが江戸に広まり、両国西広小路の菓子舗たきざわが煎餅の間に餡《あん》を入れたものを新最中と名付けて売り出すと評判になり、いまやたきざわの人気菓子になっていた。

だが、桜子は未だ食したことはなかった。

「うち、お父つぁんとふたりゆえ、お菓子はあまり食べません。でも、わたし、甘いもの、大好きです」

「そう、それはよかった。賞味していってね」

と言い残した茂香が座敷から台所へと姿を消した。

「桜子ちゃん、おれの分を親父さんに持っていけ。おれ、甘味は好きじゃないんだ」

と小龍太が自分の盆から最中をとって桜子の盆に載せた。そして不意に、

「いくつになったな、桜子ちゃん」

と改めて質した。

「十五歳ですけど」

と桜子が訝しげに小龍太を見た。

「爺様、おれな、前々から思っていたんだけど、十五歳の娘を道場の外とはいえちゃん付けで呼ぶのはおかしくないか。なにしろうちの男門弟の半分以上は、桜子ちゃんより技量が下だぞ」

「おお、確かにうちの手練《てだ》れの門弟をちゃん付けはないか」

「ないと思うが、当人はどうだ」

と桜子を見た。

「はい、わたしもいささか恥ずかしく思っていました」

「であろう。しかし桜子氏《うじ》もどのもおかしかろう、桜子さんもなにやらよそよそしいな。それぞれ立場があろうが、隠居の爺様がいつでも桜子と呼び捨てにすれ

ば、だれもが呼び捨てになってこぬか」

「なに、隠居のわしが桜子と呼び捨てにせよというか」

「孫を呼ぶと思えば難しくなかろう」

「そうじゃな、ならば今後はいつでも桜子と呼び捨てにするぞ」

と大河内立秋老が桜子を見た。

「よろしくお願い致します」

と桜子は返事をした。

桜子は訝しく思った。自分の呼び名を変更することが本日母屋に呼ばれた理由であろうか。なんとなく大河内一家が桜子に気遣いしているように思えていた。

「ご隠居様、若先生、本日、こちらに呼ばれたのはどのような御用でございましょうか」

と桜子のほうから問うた。

「おお、それか」

と応じた隠居が盆の茶碗をとってひと口喫した。そして、茶碗を手にしたまま、

「用事というべきかどうか、ただの節介かもしれん」

と言った立秋老が小龍太を見て、

「そなたが話せ」

と言い出した。

「爺様、それがしが話してよいのか」

「いや、こういう話は若い者のほうがよかろう」

と隠居が小龍太に委《ゆだ》ねた。

「桜子、わが一家、そなたの母親について、いくらか承知しておる」

と小龍太もふだんの言葉遣いとは異なり、考え考え話し出した。

「わたしの母親を名乗る者が道場を、こちらを訪ねてきたのでしょうか」

「おお、この話、桜子は承知か」

「過日、長屋の女衆が、わたしの母親に会ったことを伝えてくれました。わたしはその折り、母親といわれても記憶も定かではないゆえ、その話は聞きたくないと断わりました。まさかこちらにまで迷惑がかかっているとは思いませんでした」

「桜子、わが一家はなんの迷惑も蒙《こうむ》っておらぬ。されど、そなたが知らぬ話と思うて、爺様と話し合った末に母屋に呼んだのだ」

「ありがとうございます、若先生」

と桜子が切り口上で礼を述べた。

「桜子、不愉快な話ならばこれ以上話はすまい。だが、ひとつだけ聞いてくれぬか。われら一家、桜子をただの門弟とは思うておらぬ。そなたが門弟になって以来、あれこれあったな、若い身空でようも頑張って生きておることも見てきた。われら、そなたの頑張りにただただ感嘆しておる。爺様もわが母上も、いや、それがしも身内同然に考えておる、桜子」

との小龍太の言葉に桜子は思わず瞼《め》が潤んだ。が、涙を流すことだけは堪《こら》えた。

「ありがた過ぎるお言葉です」

と応じた桜子は、

「母上と思しき女性《にょしょう》が訪ねてきた曰くをお聞かせください」

と願った。

「おお、聞いてくれるか」

と大河内の隠居がほっと安堵した。

「桜子、昨日の昼下がりのころだ。それがしが独り稽古を終えて母屋へ引き上げようとしたとき、ひとりの女子がわが門前に立っておった」

と話し出したのは小龍太だった。

「それがし、すぐにどこぞで見かけた顔だと思うた。背丈も女子としては高い、と思うたとき、その者から、『こちらの門弟に桜子と申す娘がおると聞かされてきましたが間違いございませぬか』と尋ねられた。その刹那《せつな》、桜子と関わりがある御仁と分かった」

「どなたかな」

と小龍太は念のために質した。

「宗といいます。桜子の母親どす」

女の言葉遣いに上方訛《かみがたなま》りが混じった。相手が言葉遣いを忘れるほど真剣なのだと小龍太は察した。

「桜子の母親とな」

と応じた小龍太は女性を母屋に連れていき、祖父に会わせた。

立秋老もしばし沈黙していたが、

「桜子の母親とは真《まこと》か」

と念押ししたがすでに実の母親と直感していた。あまりにも外見が似ていたからだ。

「で、うちになんの用事かな」

「桜子がこちらの道場の門弟と聞きました」

「どのような娘か、知りとうて訪ねてきたというか」

「はい」

「桜子とわしは単に師と弟子の関わりにすぎん。されど何年も顔を合わせ、香取流棒術なる武術を通じて娘の生き方を見てきた。生易しい稽古ではないぞ。生半《なまなか》な覚悟などすぐ知れる、本性と本性のぶつかり合いでな、桜子の人柄もとくと承知しておるわ。この界隈で、桜子以上の娘を、いや、女子を探すのは無理である。三つの折りから父親を助けて、三度三度のめしをつくり、洗濯をなし、そのうえ柳橋の神木三本桜を奉じて花の季節には江戸じゅうから集まる見物人の接待をなす。さらに、寺子屋に通って読み書きを習い、うちに来て棒術の稽古までなすうら若い娘がどこにおるか」

大河内立秋の口調は話しているうちに知らず知らず激していた。

女は、いや、お宗は両眼から滂沱《ぼうだ》と涙を流し、手拭《てぬぐ》いを顔に当ててむせび泣いた。

「おお、すまなかった。つい、他人のわしがわれを忘れたわ。それほど立派な娘に育っておると言いたかっただけだ。桜子ならばなんの心配もいらぬ」

と言葉を和らげた立秋老の前にお宗は深々と頭を下げた。

「お宗とやら、聞いてよいか」

「はっ、はい」

「そなたらが別れてから十年以上の歳月が過ぎておる。そのほう、娘に会う心づもりか」

「ご隠居様、もはや、私の心配はなにもおへん、いえ、ありません。大河内家の皆々様がようも桜子を一人前以上の娘に育ててくれはりました」

「いや、うちの助勢など大したことではない。桜子当人がとくと考えて生きてきたのだ。娘と父親が支え合って生きてきたゆえ、ただいまの桜子があるわ」

「は、はい」

「いま一度聞こう。そなた、桜子と会わずに江戸を去るつもりか」

「ひと目だけでも会いとうおす。けど、さような真似ができるかどうか、うちには判断つきまへん。迷うてます」

お宗がゆっくりと顔を上げて手拭いをとり、立秋老を、小龍太を見た。

「爺様、この話、この場で答えが出せる話ではないぞ。やはり辛《つら》かろうとも桜子の本心を聞くのが大事ではないか。むろん広吉どのの考えも聞かねばなるまい」

と小龍太が言った。

「いかにもさようかな」

と答えた立秋老が、

「お宗、この江戸での塒《ねぐら》はどこか」

と質した。その問いにはお宗は答えなかった。しばし間を置いたあと、

「三日後の昼下がり、こちらにふたたびお邪魔してようございましょうか」

「よかろう。われら、広吉桜子親子の心中をまず聞き、それがどのような返答であれ、そなたに正直に伝えよう。お互い、拙速に答えを出してはならぬ」

と諭《さと》すように大河内立秋老がお宗に言った。

「桜子、爺様の言葉にそれがしが補うことはない。われらがそなたの母親と問答したすべてだ」

と小龍太が話し終えた。

長い沈黙がその場にあった。やがて、

「ご隠居様、若先生、ありがとうございました。今晩、お父つぁんと話します」

「それでいい。そのうえでわれらがなすべきことがあれば遠慮のう申せ。よいな、桜子」

「はい」

と立ち上がりかけた桜子に、だれも手を付けなかった最中を三つ小龍太が紙に包み、

「親父どのと話す折りに食せ」

と持たせた。

小龍太は桜子を門前まで送ってくれた。

「お宗さんはどんなお方ですか」

「さあてな、背の高いところや整った顔立ちはそなたとよく似ておる。とは申せ、他人の胸の内を見抜けるほど、それがし、頭はよくない。幼いころから棒術の稽古などで頭を叩かれておるからな」

と小龍太が面白くもない冗談を言った。なんとか桜子の気分を変えようと思ってのことだ。

「おそらくあの女性《にょしょう》、十二年前の行いを悔いておるのではないか。そうでなければただいまこの江戸にはおるまい。桜子、爺様もそれがしもそれ以上のことは分

からぬ」

「悔いておりましたか」

とゆっくりと足を運びながら桜子が呟いた。

門から薬研堀まで小龍太が桜子に歩みを合わせた。

「わたし、お宗さんと会うべきでしょうか」

「これぱかりは他人が会えだの、会《お》うてはならぬだのと悟り顔で言うことはできぬ。正しき答えなどないでな、そなたと広吉どのが決めることよ」

といい、小龍太は歩みを止めた。

「今宵《こよい》、親父どのと話してみよ。そして、われらに広吉どのの気持ちを伝えてくれぬか」

大きく頷いた桜子が、

「若先生、最中、ありがとう」

という言葉を残し背を向けた。

二

桜子は小龍太と薬研堀で別れた次の日、大河内道場の稽古には姿を見せなかったが、その日の夕方、小龍太がなんとなく人の気配を感じて屋敷の表口に出てみると、桜子が立っていた。

「よう来てくれたな、桜子」

「明日、お宗さんがこちらを訪ねてこられるゆえ」

「来てくれたのか」

はい、と桜子が頷いた。

「上がらぬか」

と屋敷に誘ったが桜子は首を横に振り、

「薬研堀でようございます」

と応じた。

「爺様に聞かせる話はないようだな」

「なにもありません」

と答えた桜子が薬研堀の岸辺に向かい、くるりと小龍太に顔を向けた。

「お父つぁんにおふたりの話を告げました。そしたら、お父つぁんたら、最初は黙り込んでいたんだけど、途中から激怒してあらぬことを汚い言葉で罵り始めました。娘のわたしも初めて見るお父つぁんの激昂ぶりでした」

「やはりわれらお節介をなしたか」

「違います、若様」

「桜子、それがしを若様などと呼ばないでくれぬか。道場の外では小龍太で十分、おれは貧乏旗本、それも部屋住みじゃぞ。そのことを桜子、忘れるな」

と小龍太が抗《あらが》うと、狼狽《ろうばい》した桜子が、

「は、はい」

と答え、

「お父つぁんがあのように怒ったのはお宗さんの行いに対してだと思います。以来、わたしにも口を利いてくれませぬ」

「そうか、親父どのは怒ったか。致し方あるまいな。娘の口を通じてじゃが、他人から逃げた女房の行いを聞かされたのじゃからな」

「どうすればようございましょう」

「うーむ、いまも親父どのは怒っておるのじゃな」

「このことに触れようとはしません。いえ、なにも喋《しゃべ》らないのです」

沈黙した小龍太が岸辺にあった小石を草履の先で薬研堀に蹴り込んだ。長いこと沈思《ちんし》したあと、ぽつんと告げた。

「明日の昼下がりにはお宗がうちに参る」

「はい」

「桜子、そなたひとり、お宗と会ってみぬか」

「お父つぁんがどう思いましょうか」

「そなたがお宗さんに会ったことを知れば、また激怒するかもしれんな」

「ひと晩眠ってお父つぁんの心持ちも少しだけ収まったかにもみえます」

と桜子の返事を聞いた小龍太が、

「そなたの親父どのとお宗さんの間にあったことは、桜子、そなたとは直に関わりがないと思わぬか。そなたがたった三つの折りの出来事だぞ。だからこそお宗はそなたが稽古に通う大河内道場を訪れて、そなたのことが知りたかったのではないか。そしてそなたの母は、桜子が同年配の娘に比べても、父親孝行で、働き者と知った」

「それはご隠居様と小龍太さんの考えです」

「桜子、爺様とおれが心にもないことを口にすると思うのか」

小龍太の言葉には怒りがあった。

「ごめんなさい」

と桜子は素直に詫びた。

「桜子、母親と会うてみよ。そなたなら大人のふたりが離別したことを乗り越えて、十二年の空白を埋められるかもしれん。親父どのの立場や思惑《おもわく》はこの際、考えるな。母親と娘のふたりだけで会うのだ」

「なにを話すのです」

「なんでもいい、柳橋の三本桜のことでも、棒術の稽古をしておるのはなぜかでも、なんでもいい。ふたりが向き合って話すことが大事なのだ。そう思わぬか」

小龍太の説得の言葉を桜子は受け取めた。長考の末、こくりと桜子が頷いた。

「桜子、お宗さんと会うときはうちの屋敷を使え、父上にも母上にも許しを得ておく。また、その場に爺様もおれも立ち会うことはない」

と小龍太が言い切った。

はい、と桜子がなにかを決意したかのように返事をした。

翌日、桜子は香取流棒術大河内道場の稽古に出た。

広吉はこの朝も、

「仕事に行く」

とだけ言いおいて出ていった。

桜子は朝餉の後片付けを終えると、薬研堀の道場に向かおうとした。すると、過日、桜子にお宗を見かけたと告げたさくら長屋の女衆のす江が、

「桜ちゃん、この前はすまなかったね」

と詫びた。

「す江おばさん、わたしに詫びることがあるの」

「お宗さんのことを告げたじゃないか。広吉さんがえらく怒っているって、うちの亭主に聞いてね」

す江の亭主の秀次《ひでじ》は広吉と同じ船宿さがみの船頭として働いていた。

「ああ、あのこと。大丈夫よ、お父つぁんのだんまりもそろそろおしまいよ」

「そうかね」

「そうよ」

と笑みで応じた桜子は、

「道場に行ってくるね。今日は昼過ぎまで稽古するからいつもより遅くなるわ」

と言い残した。

いつものように一刻ほど香取流棒術の基から大河内道場流の突き、薙《な》ぎ、叩き、受けなど十数手の独り稽古をした。最後に、木刀を持った小龍太が桜子の相手をしてくれた。短い立ち合いだったが、桜子は無心に小龍太の攻めを弾き返した。

稽古が終わって気持ちがさっぱりしたころ、小龍太の母親茂香が道場に姿を見せて、こくりとふたりに頷いた。

いつの間にか、九つ半(午後一時)を過ぎていた。

道場にはもはや朝稽古の門弟衆の姿はなく、隠居の立秋老と小龍太のふたりだけだった。

「どうやらお宗が母屋を訪ねてきたようだな」

と小龍太が桜子に言った。

「久しぶりに立ち合い稽古をなし、つい時が経《た》つのを忘れておった。本日は、そなたにとって大事な面談があるというのにな」

「いえ、わたしも無心の立ち合いにて、気持ちが却って平静にございます。ご新造様、わたし、井戸端で手足を洗い、着替えて母屋に参ります。それでよろしゅうございますか」

「桜子さん、うちの湯殿を使う」

「いえ、いつもどおりにさせて頂きます」

「分かったわ。お客人にはそう伝えておきますよ」

「お願いします」

　と桜子が頭を下げた。

　汗を拭い、身をさっぱりさせた桜子は、古着店の集う富沢町で購った藍染《あいぞめ》の河《か》内木綿《ちもめん》に着替えて母屋に向かった。すると茂香が表口に立ち、桜子を迎えた。

「桜子さん、離れ屋を承知」

「庭の向こうにある茶室ですか。入ったことはありません」

「茶室に使っていたのは姑《しゅうとめ》ですがね、近ごろでは久しく茶事も催していません。あそこなら静かに話ができるわ」

　と屋敷の奥へと案内し、離れ屋の前で、

「これをお持ちなさい」

　とふた組の茶器と甘味が載ったお盆を渡しながら、

「この甘味、京の干菓子、菊寿糖《きくじゅとう》だそうです。あちらさまのお持たせです、うちも頂戴《ちょうだい》したわ。お礼をいうのよ、桜子さん」

「ご新造さん、ありがとうございます」

と礼を述べた桜子は離れ屋への廊下を渡る途中足を止め、両眼を閉じて小さく息を吐いた。そして、もうひとつ息を整えるように吐いて離れ屋に向かった。

大河内家の離れ屋は茶室と控えの間のふた間で、控えの間の敷居口から南天の白い花が散った庭が見えた。

「お待たせ申しました」

と声をかけた桜子は開かれた障子の手前に座し、一礼した。そして、盆を手に控えの間に入った。すると庭を見ていたお宗は眼差しを桜子に向けた。視線を受けながら腰を下ろして盆を置いた桜子は、

「桜子です。京から干菓子を携えてこられたと、大河内のご新造様に聞きました。ありがとうございます」

と顔を上げた。

気の張った顔が桜子を見ていた。

「桜子、さんですね」

「はい」

「大きくなられました」

とお宗が言った。

その言葉に桜子はどう答えてよいのか分からず、ただ小さく頷いた。

「桜子、と何回その名を呼んだか」

とお宗が呟いた。

その瞬間、桜子は胸の中に怒りが生じた。

なにか言葉を口にしようとすると怒りが、叫び声が出そうだった。だが、棒術の稽古を何年も続けてきた桜子は、感情を押し殺して相手に立ち向かう術《すべ》を承知していた。

「桜子という名をつけたのはこの私です」

とこれまで桜子が考えもしなかったことをお宗が漏らした。

「えっ、お宗さんが名付けられた」

「はい。懐妊したと承知したとき、三本桜の前に立ち、お礼を申しました。そして、娘が生まれますならば、桜子と名付けると桜に約定《やくじょう》しました。連れ合いは桜子など船頭の娘の名ではないと激しく反対しましたが、わたしはこれだけは譲れませんと言い張りました。いま考えれば、このことがふたりの仲たがいのきっかけだったかもしれません」

「なんということが」

自分の名前をだれがつけたかなど考えもせずに使い、馴染んできた。

「これまで歩んできたなかで娘が、桜子が生まれたときが、いちばん幸せな瞬間《とき》でした」

と言ったお宗が不意に桜子の前に身を伏した。

背中が震えているのを桜子は見た。かような態度をお宗が見せるとは夢想もしなかった桜子は茫然自失していた。

「桜子、ごめんなされ。そなたにどれほどの苦しみや哀《かな》しみを与えたか、詫びます」

との言葉が桜子の耳に届いた。

桜子は父親の広吉の武骨な顔を思い浮かべていた。

(どう対処すればいいのか)

不意に言葉が口をついた。

「お顔をお上げください。話を聞かせてください」

と桜子が願った。

震える背中が固まり、ゆっくりと顔を上げたお宗の瞼が潤んでいた。

「そなた、よい娘に育ちなされた」

「さくら長屋の皆さん、船宿さがみの親方やおかみさん、友だちのお琴ちゃん、そして、この棒術道場の大河内大先生や孫の小龍太若先生、多くの人々が助けてくださいました」

桜子のその言葉を聞いたお宗の両眼から涙がぽろぽろと頰を伝って落ちた。それを見たとき、桜子は、

(もういい、哀しいことを考えるのはもういい)

と思った。

お盆の急須から茶碗にお茶をゆっくりと注いだ。

お宗が涙を拭い、桜子を見た。

「桜子、安心しました。もはや思い残すことはありません」

「京にお帰りになるのですか」

と桜子は聞いた。

しばし沈黙したお宗が、

「そなたが幼き折りに柳橋で見かけたはずの相手は流行り病で身罷《みまか》りました。去年のことです」

「わたし、そのお客様をかすかに覚えています」

「やはり覚えておりましたか」

「その数日後、お父つぁんが船宿を訪ねて、おっ母さんのことを尋ねました。あの日から十二年が経ちました」

「桜子さんは十五歳」

「はい」

「私にとっても長い歳月でした」

桜子は茶をお宗に供すると、

「わたし、四歳のころからお父つぁんの猪牙舟に同乗して、助船頭の真似ごとをするのが好きでした。それを船宿さがみの親方もおかみさんも、馴染みのお客さんも許してくれました。長いこと、私は女船頭になると思ってきました」

「なんと、お父つぁんの跡継ぎに」

「お父つぁんはお父つぁん、わたしはわたしと思うてきましたが、女船頭はおらぬと皆さんに反対されました。わたしの行く末を案じたお父つぁんに、なにか習いごとをしないかと言われて棒術道場に通い始めたのです」

「なんとのう、桜子の気持ちが分かります。私たち母娘、男勝りな上に背丈が無《む》闇《やみ》に高いですからね」

とお宗が初めて笑い、

「お茶を頂戴します」

と茶碗を取り上げた。

「棒術の稽古も寺子屋も熱心だそうですね。女船頭は諦めましたか」

「さあて、どうでしょう。棒術の女師匠では暮らしは立ちません」

と応じた桜子は、

「お宗さんとあの男の方との間にはお子はおられますか」

「いえ、おりません。私にとっての子は桜子、そなたただひとりです」

桜子は胸の上に重しでも置かれたような気持ちになった。

(わたしだけが子とは)

茶を喫しようかと手を伸ばし、お宗が京から土産《みやげ》に携えてきた干菓子をひとつつまんだ。桜の花を象《かたど》った薄紅色の干菓子を口にして桜子は、

「おいしい、初めての甘味です」

「よかった」

とお宗が和《なご》んだ顔で応じた。

「お宗さん、京でなにをしておられます」

「この干菓子を造る老舗《しにせ》で通い奉公しております。連れ合いの実家は小間物屋ですが、連れ合いが身罷ったとき、嫁だった私に奉公をせぬかと願うてきました。菓子舗で京菓子を造る女職人になるか、小間物屋を手伝うかを迷い、いちど江戸に戻り、気持ちの整理をしようと思いました」

「気持ちの整理はつきましたか、おっ母さん」

桜子の問いにお宗が眼を見張った。

「私のことをおっ母さんと呼んでくれましたか。これで私の江戸での御用はすべて済みました」

となにかを振っ切ったように言ったお宗が茶を喫すると、

「うち、京に戻って干菓子屋はんに勤めます。菓子職人の修業をし直します」

と京言葉で言い切り、

「お父つぁんと会う要はありませんか」

「おへん。うち、桜子に、ひとり娘に会えましたがな。安心して京に戻れます。いつの日か、桜子はん、京においでなはれ。こんどはうちが京の都を案内したげます」

と言い添えた。

その瞬間、桜子は、

(わたしはお宗の血を引いている)

と確信した。

三

その日の夕餉の折り、父親の晩酌一合を用意した桜子は、

「お父つぁん、お話があります」

と言い出した。しばし間を置いて、

「宗と会ったか」

と広吉が応じた。

桜子は黙って体の後ろに置いていた京の銘菓の干菓子の包みを父親に見せて、

「はい、会いました。これが土産です。すべて薬研堀の大河内大先生がたがお膳立てしてくれました」

桜子の返答に広吉が頷き、徳利と盃の載った盆を手元に引き寄せた。

「若先生がおれの仕事を終えるのを待っておられた」

「若先生はやはりお父つぁんに断ってくれたんだ。薬研堀の道場の一家にはなんの責めもないのよ。それだけは分かってくれる」

「おまえが宗との対面を大先生や若先生に願ってのことか」

桜子はゆっくりと顔を横に振った。そして、

「とはいえ、ご一家の説得に応じたのはこの桜子です。ゆえに責めはすべてわたしにあります」

「あとから言われてもどうしようもねえや」

「怒らないの、お父つぁん」

「京から土産持って勝手に会いに来たのは向こうだろうが。怒ったところで済んだことはどうしようもねえ」

娘は冷めた口調の父親の胸のうちを推量した。が、なにも思いつかなかった。

「若先生になにか言われたの」

「お節介したのはうちの一家ゆえ、くれぐれも桜子を叱《しか》るなと、さがみの親方とおかみさんの前で言われたのよ」

「お父つぁんはさがみの親方夫婦や若先生から言われたからわたしを怒らないの」

広吉は手にしていた徳利と盃を盆へ戻した。

「さがみの親方には、『三つで母親に捨てられた娘がこれまで十二年も我慢してきたのだぞ。その辛《つら》さの責めは宗とおまえふたりにある』と言われた。確かにな、夫婦別れの難儀を幼いおまえにおっかぶせちまった。おまえがおれから叱られる曰くはどこにもねえやな」

「ありがとう」

「礼を言われる筋合いはねえ。おれは昔を忘れたわけじゃねえ、だが、もはやどうしようもねえ話よ」

「若先生は、お宗さんとわたしが会って話したことをなにか申された」

「手短に話は聞かされたが、あとはおまえの口から直に聞け、と言われたな」

「お父つぁん、聞きたくないの」

「聞いたところで詮《せん》ない話だろうが」

「そうね、お父つぁんにとってもわたしにとっても他人様の女衆よね」

桜子の言葉に広吉が驚きの表情で見た。

「だってわたしたち、どんな曰くがあったにせよ、ふたりして捨てられたんでしょ」

「ああ、そうだ」

「お父つぁん、わたしが今日会った女衆は、わたしたちの知らない人だったわ」

「そんな馬鹿なことがあるか」

と広吉が呟き、いったん盆に戻した徳利をつかむと盃に酒を注いだ。

「馬鹿だろうとなんだろうと、そうなの。十二年前、京に出ていった女衆とは別人よ」

「桜子、そんな都合のいい話が世間様に通じるか」

「世間様はどうでもいいことよ。今日、会ったお宗さんはわたしたちとは関わりのない人だと思う」

そう言い切った桜子は、

「わたし、お父つぁんにこれまで言わなかったけど、おっ母さんが男の人といるところを見たの」

と言い添えた。

広吉が桜子を睨んでから、盃の酒に目を落とした。

「お父つぁん、よく聞いて。

おっ母さんがさくら長屋を出ていった前日だと思う。柳橋の欄干からお父つぁんの、お客人を乗せた猪牙を見送っていたわたしは、だれかから見られているようで、神田川の向こうの浅草下平右衛門町の路地を見たの。するとおっ母さんと知らない男の人が立っていた。おっ母さんはわたしに気付くと男の人に声をかけてひとりだけ、わたしのほうに来て、お客様を見送りに出たところ、と言ったと思う。

その夜よ、お父つぁんとおっ母さんがいつも以上に激しい口喧嘩をしたのは。そして次の朝出かけたきり、おっ母さんは戻ってこなかったわね。お父つぁんがおっ母さんのことを船宿に聞きにいったのは、何日経ってからだったかしら。すぐじゃなかったわよね」

広吉は手にしていた盃の酒を一気に飲んだ。

長い沈黙のあと、広吉が、

「女子は、なぜ江戸に出てきたって」

「連れ合いが去年亡くなったんですって」

「だからって江戸に、この柳橋界隈にお宗は戻ってきたか。勝手すぎねえか」

「お父つぁん、わたし、知らない女の人って言わなかった」

「桜子、知らない女がなぜおめえに会いたがったんだ。大河内のご隠居や若先生まで巻き込んでよ」

広吉の詰問に桜子は答えられなかった。

長い沈黙が続いた。

「そうね、女の人もわたしも、決着をつけたいことがあったのかしら。だから会ったのだと思うわ」

「知らない女子の決着におまえが付き合ったか」

「付き合ったのかな。最前も言ったけど宙ぶらりんの十二年をお互い話し合ったのよ」

「それで決着がついたか」

「お宗さんという人、京に戻り、これまで勤めていた干菓子のお店《たな》に奉公するそうよ」

と言いながら、干菓子の包みを広吉の前に押し出した。

ふっ、と広吉が吐息をした。

「お父つぁん、あの女の人も京であれこれと悩んだり、哀しんだりしたと思うわ」

「おれたち親子には関わりがねえことだ」

「ええ、関わりはない。でも、ひとつの区切りがついたと思わない」

一瞬瞑目《めいもく》した広吉が、

「区切りな」

と漏らした。

「おれたちはこれまでどおりの暮らしを続けるか」

「お父つぁん、わたしたちにはさくら長屋のこの暮らししかないの」

「おまえはそれでいいのか」

「ほかにどうするというの」

「そうだな、この暮らしがつづく」

と応じた広吉の声音《こわね》には安堵があった。

桜子はもはや母親に、お宗に会うことはあるまいと思った。


翌朝、桜子は久しぶりにお琴の家、父親の横山向兵衛《よこやまこうべえ》が両国西広小路界隈の子供たちに読み書きを教える寺子屋に顔出しした。すると米沢町の裏町で開く寺子屋の表にお琴が立っていた。

「久しぶりね、桜ちゃん」

と言葉遣いだけは大人びた、ちびのお琴が声をかけた。

「うん、ばたばたとしてこちらに来られなかったわ。お師匠さん、怒っている」

「心配しないで、桜ちゃんのことは承知だから」

「そうか、若先生に話を聞いたのね」

と言いながらもお琴がどこまでこの数日のどたばたを承知か、桜子には分からなかった。

寺子屋のなかからは向兵衛の素読《そどく》の声が響いていた。

「縁側に行かない」

とお琴は桜子と話したいのかそう誘った。

「お琴ちゃん、お裾分けの干菓子」

と言った桜子は紙に包んだ京土産の干菓子を差し出した。

ありがとう、と受け取ったお琴が、

「おっ母さん、どうしたの」

「京に戻ったわ」

「江戸にはなにか用事で出てきていたの。女の人の関所の出入りは難しいでしょ」

とお琴が質した。

江戸期、「入鉄砲《いりでっぽう》と出女《でおんな》」は公儀の厳しい取締りの対象だった。だが、お宗の相手方は京のそれなりの小間物問屋というから江戸との交流があって、道中手形などを持っての江戸訪問だったのだろう、と桜子は漠然と考えていた。

「違うの。わたしに会いに来たのよ。お琴ちゃんの手の甘味、京土産なの」

「やっぱりそうか。話し合ったのね」

とお琴が手の紙包みに視線を落とした。

「うん、薬研堀の道場で会ったわ。大河内先生のところはお武家さんだったと改めて思った。わたし、母屋の奥の離れ屋があんなに立派だなんて知らなかったわ」

「だって何代も前から浪人のうちとは違い、大河内家は直参旗本よ。小龍太さんの父上は公儀の役付き、小龍太さんの兄上は見習いでお城に出仕しているのよ」

「わたし、そんなこと考えもしなかった。若先生だって若様なのよね」

「部屋住みだけどね。大河内家は香取流棒術を教えているでしょ。小龍太さんはご隠居の跡継ぎよ」

「そうよね、若先生は道場の跡継ぎよね」

「大河内家の香取流棒術を公儀も認めているそうよ、だから、旗本の子弟たちがそれなりに門弟にいるでしょ、旗本としての扶持《ふち》より道場の実入りのほうが多いとの噂よ」

とお琴がさらりと言った。

「お琴ちゃんところもお侍さんよね」

寺子屋の師匠、お琴の父親の向兵衛はいつも腰に脇差《わきざし》だけを差していた。

「最前も言ったでしょ。うちは昔から浪人、何代か前、秩父《ちちぶ》から江戸に出てきたんですって。爺様の代にこの裏路地の家を購って寺子屋を営み、細々と暮らしているの、直参旗本の大河内家とは比べものにならないわね」

「そうか、わたし、お琴ちゃんがお侍の娘っていうことをこれまで考えてもみなかった」

「だって、うちなんか侍だか町人だか分からないくらいよ。父上が脇差を差しているのも先祖の身分に縋《すが》りついてのこと。桜ちゃんは、私のほんとうの名前を知らないでしょ」

「お琴というんじゃないの」

「私の名は正しくは横山琴女《ことじょ》というの。おかしいでしょ」

「知らなかった。お琴ちゃんとばかり思っていたわ」

「私、もう十六歳よ、桜ちゃんよりひとつ上ですものね」

「自分のこともお琴ちゃんのことも、幼いころのまんまと思っていたけど、わたしたち、奉公に出てもおかしくない歳よね」

「そうね、私ね、父上の跡を継ぎ、この界隈の子供たちに読み書きを教えるわ。この歳でお店に奉公もできないでしょ」

とお琴が初めて大事なことを告げた。

「そうか、お琴ちゃんともう呼んではいけないんだ」

「私たちふたりの折りは桜とお琴のままでいいの」

と答えたお琴が、

「桜ちゃん、おっ母さんのことをお父つぁんと話し合ったの」

と話柄を戻した。

「うん、小龍太さんや船宿さがみの親方やおかみさんがみんなであれこれと気遣いしてくれたから、お父つぁんも得心したと思う」

「そうか、おっ母さんは桜ちゃんのことが気になってわざわざ京から出てこられたのか」

「そのようね。大河内家の離れ屋で話し合ったことをみんな、お父つぁんに告げたわ。おっ母さんは京に戻って今まで通い奉公していた干菓子屋さんの勤めを続けるんですって。御菓子職人になりたいんですって」

と前置きした桜子は、お宗と話し合ったことをお琴にすべて告げた。

「お父つぁん、安心したわね。桜ちゃんが京に行くなんて言い出さないかと案じていたんじゃない」

「うん、わたしから話を聞いてどことなくほっとしたみたい」

と告げた桜子は、

「お琴ちゃんは、この寺子屋さんの跡継ぎか。わたしも奉公先探さなきゃならないかな」

と自分に問いかけた。

「船頭さんって稼ぎがいいって聞くわよ。無理に働くことはないんじゃない」

「お父つぁんの月々の給金がいくらか知らないの。長屋の店賃《たなちん》は給金から引かれると聞いてるけど」

「そう、引かれるわ」

と情報通のお琴が即座に言い切った。

「わたし、子供のときから猪牙舟に乗っていたから、吉原に送っていくお客さんから、酒手だと言ってなにがしか貰っているのは知っている。あれは船宿の給金とは別よね」

「それは別よ。桜ちゃん、暮らしの費《つい》えはどうしているの」

「お父つぁんが長屋の台所の隠し場所においている財布にいつも銭と一朱など五百文ほど入れておいてくれる。何日かごとに遣った分を補ってくれるの。そうだ、棒術道場とお琴ちゃんちの寺子屋の謝礼はお父つぁんに言って、台所の財布からではなくて、お父つぁんから直にもらうの。そんなかかりもいれて、うち、ひと月、いくらかかっているかな」

「やっぱり船頭さんの実入りは悪くないようね。それに桜のお父つぁん、外でお酒のんだり、遊郭《ゆうかく》に通ったりしないでしょ」

「さあ、吉原の妓楼に揚がるなんてないと思う。だっていつも仕事着しか着てないわよ。そんな形《なり》で遊びにいくの」

「ううーん、やっぱり遊びに行くのに仕事着はないわよね。小龍太さんに聞いてみようか」

とお琴が言い出した。

「つまりよ、桜子のうちには、稼ぎのいい船頭稼業の給金をそっくりそのまま残してあるんじゃない」

「そうか、うちにいくらあるかなんて考えたこともなかった」

「桜ちゃん、なにかあってもいけないよ。お父つぁんにさ、どこにいくらしまってあるか、聞いたほうがいいわよ」

「そんなこと聞いてお父つぁん、怒らないかな」

「だって身内は娘の桜だけよ。なにかあったときのために知っておいたほうがよくない」

「お琴は横山家の内所を承知なの」

「うちは父上も母上もいるしね、桜のように暮らしのお金を持たされたことはないわね。だから、うちの身代《しんだい》がいくらかなんて知らないわ。ただし、実入りが寺子屋の謝礼だけでしょ、桜んちの内所より少ないことだけは確かね」

「そうか、船頭の給金はいいのか」

「違う、船頭さんがすべていい給金や酒手代を貰えるわけではないの。桜のお父つぁんは馴染み客がたくさんついている売れっ子船頭だから、身入りがいいの。そうだ、桜ちゃん、ほんとうは女船頭さんになりたかったのよね。お父つぁんの跡継ぎになったら稼げるわよ」

とお琴が言い切り、

「そうか、やっぱり、わたし、女船頭になったほうがいいか」

と桜子が考え込んだ。

四

桜子は久しぶりに父親の広吉が船頭の猪牙舟に同乗した。もはや子供ではない。ゆえに客として乗るつもりだが、前もって、

「お父つぁん、わたしをお父つぁんの猪牙に客として乗せてくれない。考えたいことがあるの」

と願ってのことだった。

「娘のおめえが客だと」

「さがみの親方とおかみさんに許しを得たわ。半日分の舟代はわたしの小遣いか

ら払ってあるの」

「しゃらくせえことをしやがる。金も払ってるなら仕方ねえか」

と広吉はしぶしぶ得心し、船宿さがみの船着場から乗せることにした。すると客は桜子だけではなくお琴もいた。そのうえ、竹籠《たけかご》から食い物のにおいが漂ってきた。

女将の小春がふたりの娘が乗る舟を見送り、

「広吉さん、大事なお客人よ、しっかり楽しませてあげなさい」

と声をかけた。

柳橋を潜って大川に出る前に広吉が、

「大川を上るか下るか、それとも川向こうに突っ込むか、どうするよ」

「船頭さん、ちょっとお尋ねします」

「なんだい、お琴ちゃんよ」

「いつもさように乱暴な応対をお客様にしておられますか」

「な、なに、おめえら、娘に幼馴染み、身内じゃねえか」

「いかにもさようです。ですが、本日は格別、私ども、舟代を前払いした客と聞きました。そうですね」

「ううーむ、おかみさんめ、銭なんぞ受け取るからややこしくなるじゃねえか」

とぼやいた広吉が、

「お客人、どちらに猪牙の舳先を向けますな」

「まずは大川の上流に向けてくださいな」

と桜子が広吉に丁寧な口調で応じた。

「へえ、承知しました、お客人」

と広吉が応《こた》えながらも、

(こりゃ、なんの真似だ)

という顔で娘を睨んだ。だが、桜子は平然とした顔付きで、

「お琴、やっぱり舟の上から見る江戸の町はいいわね」

「だって桜は、物心ついた折りから猪牙に乗ってきたんでしょ」

「あれはお父つぁんの手伝いよ」

と答えた桜子の言葉を聞いた広吉が、

「ありゃ、手伝いなんかじゃねえ。おめえの子守りがてら乗せてやっていただけだ」

「あら、船頭さん、なにか言われました。独り言かしら」

とお琴が言った。

「おう、お琴坊、独り言よ」

「船頭さん、お琴は娘でございます。お琴坊はありますまい」

「す、すまねえ。お琴さんは娘でございましたかえ」

「あら、ちびの横山琴女は立派な娘にございますよ、船頭さん」

「悪かった。もう口出ししねえ」

と広吉が詫びた。

「なんの話をしていたかしら、わたしたち」

「だから、桜は子供の時から猪牙舟に乗っていたでしょ、だったら水上から見る景色は見慣れている、そんな話よ」

とお琴こと琴女が答えた。

「ああ、そうだったわ、その話よね。船頭が余計な口出しするから話がおかしくなったわね。あのね、わたしが猪牙に乗っていたのは、まあ荷物みたいなものよ。勝手に口を利いてはいけないし、辺りを見回す気持ちの余裕もなかったわね」

「その代わり、馴染みのお客さんが小遣いをくれたといわなかった」

「降りるとき、何文かわたしの手に握らせてくれるお客さんもあったわね。そのお金を竹筒に貯めていたの、それが本日の猪牙の舟代よ」

「くそっ、驚いた。あの銭が今日の舟賃か」

と思わず呟いた広吉に、

「船頭さん、また独り言」

とお琴が広吉を見た。

「すまねえ、独り言だ」

と言った広吉が櫓を漕ぐことに専念しようとした。だが、耳だけはふたりの娘の問答を聞き取ろうとしていた。

「お琴、わたし、御米蔵《おこめぐら》の首尾《しゅび》ノ松《まつ》をこんな風にゆったりと見た記憶がないわ。やっぱりお客さんと船頭の荷物は違うわね」

「そうか、これが有名な首尾ノ松なの、私、見るのは初めてよ」

とお琴が舟から身を乗り出して眺めた。

広吉がお琴のために猪牙舟を首尾ノ松に近づけた。

神田川の一つ上流に架かる浅草橋から北へと延びる日光《にっこう》道中の東側を埋め立て、大川右岸三百四十四間の間に船入堀八本を設け、公儀の御米を保管していたのが浅草御米蔵だ。北から南へ一番堀から八番堀が並び、四番堀と五番堀の間、流れを見下ろす箇所に首尾ノ松があった。

なぜ、川沿いに一本だけ松が繁って流れを見下ろしているのか、だれも謂《い》われを知らない。だが、浅草御米蔵の名松として、

「首尾ノ松」

と呼ばれていると、広吉の馴染みの客が幼い娘に教えてくれようとしたことがあった。

「あのな、桜子よ。この松の名は首尾ノ松だ。おお、男が屋根船を雇ってよ、好きな女を誘ってこの松の下に止めて、首尾よくことをなすんだ」

「しゅびよくことをなすって、どんなこと」

桜子の問いにしばし間を置いた客が慌てて、

「ああ、待った。桜子は六つだったか、こりゃ、まずいや。この話はなしだ、その代わり、ほれ、五文やろう、手を出しな」

と桜子の手に押し付けた。

「首尾」とは、男と女が情を交わすことだと知ったのはつい最近のことだった。教えてくれたのは物知りのお琴だが、お琴は実際の首尾ノ松の謂われをこれまで知らなかったのだ。

「首尾ノ松か、よく言ったものね」

とお琴が感心したように首尾ノ松を眺めた。

「ほれ、お琴ちゃんよ、一番堀を過ぎたら御厩河岸《おんまいがし》の渡し船だ。備後福山《びんごふくやま》藩の阿部《あべ》様の御屋敷前の船着場から浅草三好町《あさくさみよしちょう》に乗合船が向かっていくだろうが」

「あら、ほんと。馬まで乗っているわ」

広吉船頭の説明を聞いたお琴が乗合船に手を振ると、

「なんだ、あの猪牙の客は娘ふたりだぞ」

と馬子《まご》と思しき男衆が言い、

「おい、おめえら、吉原に売られていく娘かえ」

と船頭が怒鳴り返した。

「乗合の可六《かろく》船頭よ、おれの娘と朋輩が船遊びだとよ」

「おお、広吉さんの娘、桜子だったな、大きくなったな」

「大きくなりすぎて五尺六寸に育ちやがった」

「幼いころから顔立ちは整っていたがな、五尺六寸じゃ吉原も禿《かむろ》としてもお断りだな」

「おうさ、背高のっぽの禿はいらないだろうな、困ったことよ」

と知り合いの乗合船の船頭と広吉がやり取りするなか、桜子とお琴が猪牙舟の胴の間に立った。

「おお、大きいな」

「かたほうはちびだぞ」

「はい、わたしたちは柳橋のちびとのっぽのふたり娘ですよ」

と桜子が叫び、二艘《そう》の船はすれ違った。

「お琴、駒形堂《こまがたどう》を過ぎると吾妻橋《あづまばし》が近づいてきたわね。浅草寺《せんそうじ》にお参りする」

「このまま猪牙に乗っているほうが気分はいいわ。浅草寺はよく知ったお寺さんだもの。舟から江戸の町並みを見るほうがいい」

お琴が答えて広吉の舟は、山谷堀《さんやぼり》の合流部に近づいていった。

「お琴、山谷堀を八丁も上がったところに見返り柳があって、衣紋坂《えもんざか》から五十間《ごじっけん》道《みち》をくだると吉原の大門《おおもん》ですって」

「桜子ちゃんも吉原の大門は知らないでしょ」

「お父つぁんの客は今戸橋《いまどばし》の船宿で降りるもの、その先は知らないな」

ふたりの問答を聞いていた広吉が、

「お客さん、山谷堀を見返り柳まで上がりますかえ」

と尋ねた。

桜子とお琴は顔を見合わせたが、

「わたしたち、吉原に用はないわね」

「ないない」

「ならば船頭さん、どんどん隅田川を上流へと上がって」

と桜子が父親に願い、積んできた竹籠をふたりの間に置いて、なかから食い物や飲み物を取り出し始めた。

「おい、おまえら、父親の猪牙舟に乗って宴《うたげ》か、まさか酒は載せてないよな」

「船頭さん、言葉遣いに気をつけて」

とお琴が言い、

「そうそう、船頭が乱暴だと船宿のおかみさんに言いつけようか」

「それがいいわ」

と娘ふたりは胴の間にあれこれと食い物を広げた。

大川の花火の夜や夕涼みの折りは、屋根船を仕立てた乗客は船宿の料理を積んで飲み食いした。

桜子とお琴は、広吉には内緒で魚河岸《うおがし》から旬の魚の焼き物などを買い求め、豆ごはんのおにぎりを自分たちでつくり、ふだんから食したかった老舗の菓子舗の甘味まで購っていた。

「なんでえ、酒はなしか」

と広吉が猪牙舟を上流へと走らせながら、宴の場をちらりと見て言った。

「お琴、船頭がうるさいわね」

「うるさいうるさい。私たち、甘酒を持っているのよね」

とお琴が甘酒の徳利と盃をふたつ出して注ぎ分けた。

「くそっ、ほんとうに宴を始めやがったぞ」

と広吉がうらやましげに言ったが、娘ふたりは、

「川向こうは桜の名所で、さくら餅が有名な長命寺《ちょうめいじ》さんが見えるわ。お琴、長命寺さんを知っている」

「父上がいつだったか連れていってくれたわ。あの折り、日光道中を吾妻橋で渡り、大川の向こう岸をとことこ歩いていったと思うわ」

「わたしは、猪牙舟の荷物でしょ、だから、幾たびも桜の季節にこの舟で行ったわね。ときに変わり者のお客さんもいたな。水の上から桜を楽しんで、五七五というの、発句《ほっく》だかを詠《よ》んでいたわ」

「花見の季節にはそんな粋なお客さんもいるんだ」

などと問答しながら、娘ふたりが甘酒を酌み交わし、焼いた鯖《さば》を食し始めた。

広吉はふたりの飲食を見ないようにしてひたすら櫓を漕いでいた。

（桜子め、なにを考えてやがるのか）

ふたりは豆ごはんのおにぎりを、楽しげにおしゃべりしながら食していた。

（畜生、どこまで猪牙を遡《さかのぼ》らせる魂胆か。おれも腹が空《す》いたぜ、酒があれば極楽だろうな）

などと考えているうちに、いつの間にか猪牙舟は鐘《かね》ヶ淵《ふち》を横目に千住大橋《せんじゅおおはし》が見えるところまで漕ぎ上がっていた。

「おい、お客人、どこまで行こうってのか、行き先を聞きたいな」

と広吉が思わず叫んだ。

「どこまで行こうとお客の勝手と思わない、ねえ、お琴」

「思う思う」

「それとも船頭も腹が空いたのかな。隅田川の流れの上には食い物船なんていないものね」

「この界隈、鄙《ひな》びていない。そんな船がいるなんて思えない。あれ、あの橋はなんというの」

「お琴、あれはね、日光道中に架かる千住大橋よ」

「ああ、あれが千住大橋なの、大きいわね。どうする、もっと遡るとどこへ行くの」

「そろそろ川の名が荒川《あらかわ》と変わるわね、するとその先が戸田《とだ》の渡し場よ」

「そんなとこまで遡るの」

「ならば千住大橋で引き返そうか」

「引き返そう。ああ、そうだ、最前通った鐘ヶ淵にこの舟を入れない。船頭さんも少し休ませないと可哀そうよ」

「船頭が可哀そうなんて、猪牙の客はそんなこと考えもしないわ。でも、わたしたち、猪牙に乗りつかれ、食いつかれよね。鐘ヶ淵で降りて、池の周りを散歩してもいいわね」

と桜子がお琴の提案を受け入れ、千住大橋の下で広吉が無言で猪牙舟の舳先を回すと、流れに乗って一気に鐘ヶ淵へと戻り、舟を入れた。

「船頭さん、岸辺に着けてくださいな」

とお琴が広吉に命じた。

桜子は、竹籠の中から父親の昼飯の豆にぎりふたつと二合徳利の酒を出して、

「お腹《なか》が空いていたらどうぞ」

と言い残すと、ふたりして鐘ヶ淵の岸辺に飛び移った。

「くそっ、桜子め、なにを考えてやがるか」

と言いながら広吉は船頭という立場を忘れて徳利を掴むと、ひとつ竹籠に残っていた茶碗にとくとくと八分ほど注ぎ、一気に飲み干した。

「うめえや、青空のしたで飲む酒は格別だぞ」

と二杯目を注いで口に持っていった。桜子たちが食い残した焼き鯖の菜でくいくいと飲むうちにいい気分になって猪牙舟の胴の間にごろりと横になった。

どれほどの時が経過したか。

猪牙舟が揺れていた。

「な、なんだ」

と胴の間に慌てて起き上がると桜子が櫓を握って舟は大川を下っていた。

「桜子、勝手に猪牙の櫓を扱うな」

「だって船頭は酔っぱらっているでしょ。わたしが櫓を握ったほうが安心よね」

とのっぽの娘に縋りついているお琴に賛意を求めると、

「酔っぱらって舟を漕ぐなんて危ないもんね」

と答えたものだ。

長年勤める船宿さがみは給金もいい代わりに酒を飲んで櫓を操るなど決して許さなかった。これまでにも酒酔い櫓漕ぎを繰り返した若い船頭が何人も首になっていた。

「ううーん」

と唸る広吉に、

「わたし、なかなかの櫓さばきと思わない」

「娘が櫓を操るなんてよくねえ」

「だったら、酔っぱらって櫓を漕ぐのがさがみの船頭に許されるの。わたし、大川の流れを独り猪牙舟で下りたかったのよ。気持ちがいいわね」

としゃあしゃあとした口調で桜子が言った。

「桜子、おまえ、なにを考えてやがる」

「だから言ったじゃない。大川を自分が操る猪牙舟で下りたかったって。お父つぁん、心配しないで、わたしが柳橋の船宿近くまで猪牙舟を届けてあげる」

と言った桜子が、

「豆ごはんのおにぎり、食べてないわね。すきっ腹に酒だけ飲むなんて体に毒よ」

と言い放った。

神田川が合流する手前で広吉に櫓を譲り、桜子が助船頭を務めて、柳橋の船宿さがみの船着場につけた。

「おや、親子舟のお帰りかえ、客は飽きたか」

「親方、わたし、やっぱりお客より船頭が楽しいわ」

と桜子が言うと猪之助親方がけらけらと笑った。

「どうだえ、娘の櫓さばきはさ」

「へえ、なんとも」

「おや、酒くさいな」

「親方、わたしたちふたりがお父つぁんを尻目に昼餉《ひるげ》を食べた折り、ちょっぴりお酒を飲んだのよ。酒は美味《おい》しくないわね」

と桜子が言い、お琴が、

「焼き魚で豆ごはんのおにぎりが美味しかったわね。また、いつか猪牙舟を借り切ろうか、桜ちゃん」

「この猪牙はおれの相棒じゃ、おめえらが客なんて二度と御免だ」

と広吉が叫んだ。

第三章　晴れ着の棹方

一

桜子は十七歳の正月を迎えようとしていた。

文化《ぶんか》元年（一八〇四）の師走《しわす》、船宿さがみで長年律儀に船頭を務めてきた広吉は、親方の猪之助から、

「広吉の父つぁん、おめえさんもうちは長いや。そろそろ」

「そろそろって、隠居しろってか」

「五十路に隠居はあるめえ。船頭頭《がしら》を務めてくれないか」

「えっ、おれに大勢の船頭衆を束ねろってか」

「そういうことだ」

った。

と命じられていた。

そんな師走、大晦日《おおみそか》を前にして広吉の猪牙舟の舟底が破損して胴の間に水が入った。

いつもは代わりの猪牙舟があるのだが、さがみでは大勢の客の注文に応えようと一時的に船頭を雇っていた。むろん老練な船頭には真っ先に代わりの猪牙舟があてがわれるのだが、親方の猪之助が、

「船頭頭の父つぁんよ、ちと相談だ。いや、大晦日のことだ。新造した屋根船を動かしてくれまいか」

と言い出した。

むろん広吉は屋根船を操るなんて朝飯前だ。だが、舟足の速くて機敏な動きの猪牙舟が好きで、久しく屋根船の櫓を握っていない。

「だれが助船頭ですね」

大勢を乗せる屋根船は二丁櫓《にちょうろ》だ。

「臨時雇いの松三《まつぞう》だ。あちこちの船宿を渡り歩いているのだが、主船頭を務めるにはいささか頼りねえ。こたびの屋根船の客は魚河岸の旦那衆よ、芸子衆を伴《う》っての賑やかな二年参りだ。松三も広吉が主船頭なら助船頭を務めると請け合っ

た」

「となると、棹方はだれが務めます」

「それだ、相談てのは。桜子を大晦日働かせてはくれないかね」

大勢が乗る屋根船では舳先に立つ棹差しが主船頭同様に重要だった。

当日は大川をいったん下り、日本橋川を上がって江戸橋と日本橋の間の魚河岸に着けて客たちを乗せる。そして同じ道筋で神田川合流部へと戻り、柳橋を潜って船宿さがみを横目に浅草橋、新シ橋《あたらばし》、和泉橋《いずみばし》、筋違橋《すじかいばし》を次々に潜りながら神田明神に近い昌平橋《しょうへいばし》の船着場に着けることになる。

むろん初詣《はつもうで》を終えた一行をふたたび迎えて、日本橋へと送り届けることになる。

ふだんの日と違い、大晦日に無数の船の間をかき分けて進める棹差しは大変な役割だ。

「親方、桜子は素人のうえ、女ですぜ。ど素人の娘が大事な棹差しを務めるなんて無理だ。そりゃできねえな」

「おまえさんと息の合う棹差しはもうほかの屋根船に決めてある。となるとよ、桜子との親子船頭はどうかなと、おれは思ったんだがな」

「娘を棹差しにね、いささか呆れましたぜ」

と広吉は困惑の体《てい》で親方を見た。猪之助が、広吉を見返して、

「呆れたか」

と言った。親方の命は絶対だ。だが、事がことだ。「はい、そうですか」と容易《たやす》く広吉も請け合えなかった。

「いつだったか、桜子と朋輩のちびのお琴のふたりが、おまえさんの猪牙舟の客になったよな。うん、鐘ヶ淵からの帰路、猪牙は桜子が櫓を握ってきたことを、御厩河岸の渡し船の船頭がさ、見ていてな、なんとも櫓の扱いが鮮やかだとおれに耳打ちしたことがあった」

と猪之助親方が独り言のように呟いた。

「ううーん」

広吉はいよいよ困ったことになったと思った。

なにしろあの折り、広吉は酒に酔って胴の間で寝込んでいた。親方は当然このことも承知で命じているのだ。

(なんてこった)

広吉はなんとか最後の最後まで抗った。

「親方、桜子に相談してみます。そのうえで返答させてくだせえ」

「父つぁんよ、すでに桜子のな、返事を貰っているんだ。桜子は、屋根船の主船頭はいきなりできないが、お父つぁんの棹差しならやれますとな、快い返事をくれたんだよ」

「はあっ、親方、とは申せ、猪牙舟と屋根船は大きさも扱いもまるで違いますぜ、でえいち猪牙舟には棹差しなんて乗ってませんや。こんなことを親方に言うのもなんですがね」

「おお、いかにも違うな。でもな、おれが主船頭を務め、桜子が屋根船の棹差しで大川を上り下りしたと思いねえ。おまえさんが葛飾郡《かつしかごおり》に浅草蔵前《くらまえ》の札差《ふださし》の若旦那を送り迎えして半日柳橋を留守にした日のことだ」

親方は煙草《たばこ》入れから煙管《きせる》を取り出しながら囁《ささや》いた。

「なんてこった」

「さすがに棒術で体を鍛えているね。桜子の総身に無駄なく筋肉《すじ》がついていてよ、若造の船頭なんて目じゃないや。ともかく棹の扱いをとくと承知だ、そのうえ大川だろうが神田川だろうが品川沖だろうが、流れをようく知っている。おめえさんの猪牙舟に物心ついたときから乗っていたのはダテじゃなかったね。いや、あの棹差しは棒術修行と経験の賜物《たまもの》だね」

と猪之助親方が言い切り、広吉にはもはや抗う術はなくなった。

いよいよ大晦日となり、船宿さがみは客の予約でいっぱいになっていた。船頭たちは柳橋から神田川を上って神田明神や湯島天神《ゆしまてんじん》に詣でる二年参りの客たちを幾たびも送り迎えしていた。

その大晦日の宵、広吉が助船頭の松三といっしょに新造の屋根船を改めていると、真新しい船宿さがみの名入りの半被《はっぴ》の下に胴着を着こみ、下半身は猿股と七分丈の軽衫《かるさん》を重ね穿き、手甲脚絆《てっこうきゃはん》と足袋《たび》とすべて薄紅色に染められ、髷は男まげにした桜子が女将の小春につれられて姿を見せた。

広吉も松三も背高のっぽの桜子がまるで若衆に見えた。だが、十六歳の娘は素顔ながらきりりとして、父親も口が利けないほど凛々《りり》しかった。そして、広吉は、お宗の若いときにそっくりだと思った。

「主船頭よ、うちの棹差しは女子かえ」

助船頭の松三に聞かれた広吉がしばし無言で、

「おお、おれの娘だ」

と呟いた。

松三が広吉と桜子の顔を交互に見て、なにか言いかけた。すると小春が、

「松三さん、うちの棹差しを娘だと思って甘くみないでくださいな。桜子は、棒術の大河内道場で何年も厳しい稽古を積んできた腕っこきですよ。猪牙に乗ったのは四つの歳、おまえさんより舟は長いよ」

と言った。

「へ、へえ、甘くなんて見てねえや。この広吉さんの娘かと思って魂消ただけだ。おかみさん、言っちゃわるいが、この親父さんのほんとうの娘とは思えないほど美形だぜ」

「いかにもさようですよ。いいかえ、ふたりしてうちの棹差しをよろしくね」

と女将の小春が言い、新造の屋根船が初めて客を乗せるために船宿さがみの船着場を離れて、柳橋を潜った。

さすがに大晦日の宵だった。

灯《あか》りを点《とも》した大小の船が神田川から大川を往来して、なんとも華やかだった。むろん船宿さがみの名入りの屋根船が大川に出ると一段と映《は》えて、

「おお、きれいな屋根船だね、柳橋の船宿さがみの船かえ」

「見てみねえ、棹差しはきりりとした若い衆じゃないか」

「いや、違うな、娘の棹差しだよ」

「おお、柳橋のひょろっぺ桜子かよ。親父さんの棹差しを務めるんだね。いくら背高のっぽとはいえ、長い棹が扱えますかね」

屋根船の周りの舟の船頭や客たちが言い合った。すると猪牙舟を下流に向けた別の船宿の船頭が、

「おい、ご一統よ、桜子姉さんは薬研堀の大河内道場の棒術の遣い手だぜ。親父さんの棹差しを務めるのは曰くがあってのことだろうよ」

「おお、そうかえそうかえ、棒術遣いが屋根船の棹差しね」

と大声が大つごもりの大川の上を飛び交った。

桜子は、父親の屋根船が大川に出ると、青竹の長棹を構えてゆっくりと左右に振った。川幅の広い大川を大小の船が無数に往来していたが、屋根船にぶつかりそうな荷船や猪牙舟の舳先を軽く突いて躱していく。

桜子にとって子供のころから見てきた大川の光景だが、さすがに大つごもりの夜に棹差しを務めたことはない。改めて桜子は、

(大晦日の大川で棹を握っているなんて幸せ)

と思った。

「おお、柳橋の美形、桜子じゃねえか。今年は新造の屋根船の棹差しに駆り出されたか。おめえさんなら、棹差しなんぞはなんでもねえよな。なんたって棒術の達人だ」

「どなた様かお名前は存じませぬが、棒術の達人なんて烏滸《おこ》がましゅうございますよ。ましてや屋根船の棹差しは初めてでございます」

「と、いいながら軽やかな棹遣いだぜ」

と桜子の身元を承知の船頭が声をかけてくれた時、屋根船は永代橋《えいたいばし》を潜って霊《れい》岸島新堀《がんじましんぼり》に入り、さらに一段と多くなった荷足船《にたりぶね》や猪牙舟の間を棹さばきですり抜けながら日本橋川へと進んでいった。

「桜子、魚河岸の船着場に着けるぜ」

と艫《とも》から広吉の声がして、

「あいよ、お父つぁん」

と桜子が返事をして棹を繰り出して中河岸に着けた。すると伊勢町《いせちょう》河岸の料理茶屋百川《ももかわ》から二十余の脚付き膳と下《くだ》り酒の四斗樽《しとだる》が屋根船に運び込まれた。さすがに魚河岸の旦那衆だ。

豪奢な大晦日の宴だ。

「あら、桜子ちゃんじゃない、粋な形《なり》ね」

宴に呼ばれた芸子が桜子に声をかけた。

「えっ、だれよ」

「下平右衛門町裏いなり長屋のお軽《けい》よ」

と応じた芸子は、白塗りの化粧をして紅を差していたが、確かにさがみ富士の集いの仲間のお軽だった。たしか父親は、料理茶屋の下働きをしていたと桜子は覚えていた。

「わたしのこと、よく分かったわね、お軽ちゃん」

「なにいってるの、若衆の形でも桜子ちゃんののっぽは隠せないもの」

「いやだ、そのことを忘れていたわ」

と桜子が言うと、ちょっと待ってと言い残したお軽が河岸道《かしみち》から路地へと消えた。

「桜子、配膳を手伝いな」

と広吉が娘に命じた。すると百川の番頭が、

「広吉さんよ、やっぱり若い衆は桜子ちゃんか」

と言い、

「棹差しの形で配膳もあるまい。おまえさん方はこのあと、大仕事が待っていらあ。餅は餅屋に任せなされ」

と断られた。するとそこへお軽がもうひとり、半玉《はんぎょく》と思しき娘を連れてきた。

「さあ、おふたりさん、お互いだあれだ」

とお軽が聞いた。

片方は屋根船の棹差しの若い衆、もうひとりは白塗りに紅を差して振袖の友禅《ゆうぜん》を着ていた。

「お軽ちゃん、分かるわよ。ひょろっぺ桜子よ」

「わたしも分かった。そのきんきん声は同朋町新地の米屋の家作のおき、ちゃん」

「お互い当たり」

とお軽が言い、

「今日は、桜子ちゃん、お父つぁんの手伝いなの」

「そう、だからこんな妙な恰好をさせられているの。一日だけの船宿さがみの棹差しね」

「桜子ちゃんは舟が大好きよね。わたし、屋根船なんて乗るの初めて。酔わないかな」

とおきちが案じた。

「おきちちゃん、だれが屋根船の棹差しよ、主船頭は、だれなのよ」

「桜子ちゃんが竹棹を持つ役目、それで桜子ちゃんのお父つぁんが主船頭よ」

お軽がおきちに言った。

「そういうことよ。わたしたち親子に任せなさい。ひと揺れもさせませんからね」

「わあっ、よかった、安心した」

とおきちが言うところに、

「吉香《きちか》、なにしておられます。お客人が船に乗り込まれますぞ」

と置屋《おきや》の男衆から声がかかった。

「はっ、はい、ただいま参ります」

と応じたおきちが、

「わたしの源氏名、吉香というの。お軽ちゃんは、軽古《けいこ》というの。お客の前ではそう呼んでね」

「分かったわ。さあ、お仕事にいきなさい」

と桜子に言われたふたりが客の旦那衆の前に飛んでいった。

中河岸の船着場には広吉と松三が屋根船に乗り込む足場をすでに設《しつら》えていた。桜子もお客衆を迎えるために主船頭である父親のもとへ行った。

大晦日の夜四つ（午後十時）の刻限だ。

慣れない軽衫姿の足がすうすうして寒かった。それでも舳先に立ち、棹を手にすれば寒さなんて感じない。だけど、幼馴染みのお軽やおきちと会ったせいで、仕事だということを忘れていた。

船頭ふたりの後ろに桜子は控えた。ふたりの頭は桜子の肩の高さにあった。

「ご一統様、屋根船の仕度がなりましてございます。文化元年大つごもりの宴が最後まで賑々しゅうありますように、料理茶屋百川の番頭佐兵衛《さへえ》、念じております」

とのかけ声で魚河岸の旦那衆が屋根船へ次々に乗り込んでいき、最後に旦那衆の頭分が羽織袴《はおりはかま》で悠然と広吉ら船頭衆の前を通り過ぎようとして、

「おや、広吉さんや、おまえさんが新造の屋根船の船頭かえ」

と声をかけた。

「江《え》ノ浦屋《うらや》の旦那様、久しぶりにございますな。船宿さがみの新造船の最初のお

客人が魚河岸の旦那衆とはなんともめでたいことでございます」

と顔見知りに丁重に挨拶を返した。

「うむ」

と頷いた旦那は、鯛を城中に納めることで知られた江ノ浦屋五代目彦左衛門《ひこざえもん》だった。その彦左衛門が広吉の後ろで頭を下げる桜子に、

「待ちなされ。そなた、広吉さんの娘の桜子ではありませんか。顔を上げなされ」

と命じた。

「は、はい。桜子にございます。本日、新造船の棹差しを務めさせていただきます」

「おお、そうか。久方ぶりの親子と大つごもりの宵に会いましたか。元気のようですな」

「はい。江ノ浦屋の旦那様はわたしをご存じでしょうか」

「おお、桜子、そなたに大声で、『お父つぁん、どこへ行くの。向島、それとも吉原』と大声で喚《わめ》かれて柳橋じゅうに知られた江ノ浦屋彦左衛門ですよ」

彦左衛門はその後も幾たびか親子の猪牙舟に同乗していたが、桜子は三つのあ

の日ほど記憶がはっきりしていなかった。なにしろ次の日に母親のお宗がさくら長屋を出ていったのだ。客人の彦左衛門はそのことを数日後に聞かされていた。

「その節は失礼を致しました」

「ふっふっふふ」

と小さく笑った彦左衛門が、

「あの折り、馴染みの花魁《おいらん》がどなた様かに落籍《ひか》されてね、なんとのう吉原からは足が遠のきました」

と桜子が三つの折りの出来事を補足した。

「大旦那様にもさようなことが」

「半人前でしたかな、そんなことがございましたな。今では面映《おもは》ゆい思い出ですよ」

と昔を懐かしむように江ノ浦屋彦左衛門が呟いた。

「そう、何事でも十年奉公してようやく半人前ですが、桜子はすでに十年以上も前から猪牙を遊び場代わりに育ってきましたな。しっかりとした娘御になりました。いいですか、なんぞあれば、いつでもこの彦左衛門のもとに相談においでなされ」

「あり難いお言葉、桜子、決して忘れません」

との言葉に父親広吉の肩をぽんぽんと叩いた江ノ浦屋の大旦那が屋根船に乗り込んだ。すると芸子や半玉衆が囃子方《はやしかた》をともない、続こうとしたが不意にお軽が船頭三人の前で足を止め、

「桜子ちゃん、江ノ浦屋の大旦那様と知り合いなの」

「知り合いだなんて、お父つぁんのお客様よ」

「魚河岸を仕切る江ノ浦屋の大旦那と親しく口が利ける人はそういないのよ。桜子ちゃん、わたしやおきち、いえ、吉香がしくじったときは大旦那様にとりなしてね」

と小声で慌ただしく言うと屋根船に乗り込んだ。

「よし、わしらはこれからが今年最後の大仕事だ、小さなしくじりもないように松三さん、桜子、頼んだぜ」

と主船頭の広吉が願った。

「あいよ」

と応じた桜子は屋根船の舳先に立ち、中河岸の船着場を軽く棹の先で押しながら、

（江ノ浦屋の五代目の旦那にもわたしたち親子と同じ時期に別れがあったのか）

と思った。

二

船宿さがみの新造屋根船では、大川をゆっくりと上下しながら大つごもりの宴が賑やかに催されていた。

棹方の桜子は無数に行き交う舟の間を縫《ぬ》って棹を巧みに差しながら、

「ごめんなさいよ、すれ違わせてくださいな」

「おお、船宿さがみの屋根船かえ、ご苦労さん」

と仲間の舟の船頭と言い交わしながらすれ違った。なかには若衆姿でも、

「おい、柳橋のひょろっぺ美形じゃねえか。なに、親父さんの手伝いかえ」

と桜子だと見破るものもいた。

「浅草下平右衛門町の船宿、伊勢《いせ》一《いち》の森松《もりまつ》の親父さん、いかにもお父つぁんの手伝いです」

「客人は魚河岸の旦那衆のようだな、大事な客人たちだ。粗相のないように棹差

しを務めな、ひょろっぺ」

「はい、頑張ります」

と言い合ってまたすれ違う。

深夜四つ半(午後十一時)を過ぎた刻限、屋根船は神田川との合流部に戻ってきた。

どの船も九つ(午前零時)前に神田川の昌平橋の船着場に着けようとするから柳橋の前後はひどく込み合った。

「桜子、棹を強引に使うんじゃねえや、優しく押し戻せ」

と主船頭の広吉からも注意が飛んだ。

「お父つぁん、あいよ」

と素直に答えたところに桜子の背後の障子戸が開き、半玉の吉香が顔を覗かせた。

「込み合うと思ったら柳橋を潜るところなんだ」

「おきちちゃん、船酔いはしていない」

「広吉船頭の屋根船はひと揺れもしないわね。それとも桜子ちゃんの棹差しが上手なの」

いるわ。それとも桜子ちゃんの棹差しが上手なの」

「見よう見まねの初仕事よ。それよりお客さんの旦那衆に不都合はない」

「みなさん、大いに楽しんでおられるわ。江ノ浦の大旦那様が新米棹差しの様子を見てこいですって。お軽ちゃんも風にあたりに出てくるわよ」

というところへ軽古も姿を見せて、

「わあっ、大変な数の船ね、私、こんなの初めて見た」

と驚きの声を上げた。

すると周りの猪牙舟の客から、

「おお、棹差しの兄さん、芸子ふたりと旦那衆に内緒で逢瀬《おうせ》かえ。いいな、おれたち、男ばかり三人だぜ。ひとり、貸しねえな」

と声がかかった。

「兄さんがた、このふたりとは幼馴染みにございますよ。大事な魚河岸の旦那衆の相手を務めて、風にあたりに顔を覗かせたんですよ」

と桜子が応じると、

「おや、その声はこの界隈の名物娘、ひょろっぺ桜子じゃねえかえ」

「兄さん、当たり」

と軽古が答えた。

「ひょろっぺ桜子は見間違えようはないよな、だれよりも群を抜いて高《たけ》えもの。三人して大つごもりを楽しみねえ」

猪牙舟が桜子たちの屋根船の間を鮮やかにすり抜けていった。

「吉香さん、軽古さん、座敷に戻りなさい。柳橋から新シ橋辺りまで込み合うからね、船から神田川に落ちかねないわよ」

とふたりを屋根船のなかへ入れた。そして、桜子は、

（江ノ浦の大旦那が桜子の棹差しぶりを案じて見にこさせたんだ）

と思った。

そのとき、どーん、と新造の屋根船の横っ腹に大身旗本か大名家のものと思しき屋形船《やかたぶね》が突っ込んできた。

「なにをしやがる、大晦日の夜で込み合っているんだ。無理矢理先に行くなんてお武家様のやることっちゃねえ」

と助船頭の松三が大声で注意した。

「そのほうこそもたもたするでない。船着場に着けられないときはどうするつもりか」

と御用船の船頭衆が平然と言い返した。

「なんだと、詫びもしないでその言いぐさか。江戸っ子はな、二本差しの屋形船なんて怖かねえや。だんごだって一本差しだぜ」

「ほう、申したな」

柳橋の橋下から抜け出た新造の屋根船と武家の屋形船が睨み合った。

「なんだ、竹槍《たけやり》を構えやがった。突くなら突いてみやがれ。真っ赤な血が見えたらお慰みよ」

松三はすぐ先に船宿さがみがあるから強気だった。

「おのれ、船頭、許さぬ」

と船頭衆が先の尖った竹槍を突き出してみせた。

そのとき、桜子は屋根船と屋形船の両者が睨み合う舳先ですっくと身を伸ばした。

「屋形船のお頭様、今宵は大つごもりでございます、込み合っておりますゆえ順番を守って神田川を遡上《さかのぼ》ってくださいな、お願い申します」

と棹差しの桜子が丁寧に願った。

「おのれは何者か、こちらにお乗りの殿様は、直参旗本五千石右大将付御側衆太田隠岐守《うだいしょうづきおそばしゅうおおたおきのかみ》」

と言い出した船頭衆を、

「その先はおっしゃいますな。お屋敷に迷惑がかかりましょう」

と桜子が注意した。

「そのほう、女子か」

「はい、女子が棹差しではいけませんか」

「おのれ、許さぬ」

と竹槍の先を松三から桜子に向け替えた。

そのとき、屋根船の障子が開いて、

「船頭衆、大つごもりの神田川柳橋でございますよ。野暮な真似はよしに致しませんか。大勢の船が後ろにつかえてございますよ」

魚河岸を仕切る五代目江ノ浦屋彦左衛門が言った。

「船頭も船頭ならば客も客か、その物言い、気にいらぬ」

「お腹立ちが収まりません折りは明日にも魚河岸においでなされ。とくとお話し致しましょうか」

彦左衛門は相手の船頭衆がこの騒ぎで金子を得ようという魂胆と察していた。

だからそう言ったのだ。

「そのほう、何者か」

「わっしですかえ。公儀ともまんざら関わりがないわけじゃあありません。魚河岸で江ノ浦屋彦左衛門と聞いてくだされ」

「城中に鯛を納める江ノ浦屋だと。この場の騒ぎを明日などと生ぬるいことをいうでない。このふたりの船頭に代わってそのほうが頭を下げて詫びるか」

と狙いを江ノ浦屋の大旦那に定めて言い放った。屋形船のなかでは太田隠岐守の家臣たちが、

「どこでわれらが出ていくか」

と考えて虎視眈々《こしたんたん》と出番を待ち受けている気配があった。江ノ浦屋彦左衛門ならば、それなりの金子を強請《ゆす》り取ることができると思ったのだろう。竹棹を構えた船頭衆に、

「よいか、われらの面目がつぶされたのだ。しっかりと交渉いたせ」

と言うと、

「江ノ浦屋と申す魚屋、姿を見せよ」

と声高《こわだか》に命じた。そのとき、

「船頭衆、お客人の前にわたしの願いはどうなりました」

と桜子が口を挟んだ。

「そのほうらの出番は終わった」

「と、申されてもわたしのほうでは得心しておりませんよ」

「なに、女の棹差し風情《ふぜい》が抜かしおるか。よかろう、おのれを田楽刺《でんがくざ》しにして江ノ浦屋とやら申す魚屋と談義致す」

「神田川が込み合っておりますれば、急ぎ決着をつけましょうか」

と桜子が小脇に抱えていた竹棹の先をぴたりと相手に向けて、

「おまえさん、名はなんと申されますな」

と問うた。

「船頭衆の金太郎正宗《きんたろうまさむね》よ」

桜子に竹槍の先端を伸ばし、両者が竹棹と竹槍で相手の胸元に狙いをつけ合った。

「金太郎正宗さん、この柳橋界隈で有名なものを承知ですかね」

と江ノ浦屋彦左衛門がのどかな口調で問いかけた。

「町屋風情のことなど知らぬわ」

「ならばお教えいたしましょうかな。一に表町の神木三本桜、二に、ほれ、富士塚、さがみ富士ときた。そして、一は」

と彦左衛門が口をいったん止めると、この騒ぎを見守っていた大勢の船の客たちが、

「薬研堀は香取流棒術大河内道場の女門弟、ひょろっぺ桜子、だえ」

と声を揃《そろ》えて叫んだ。

「な、なに、この女棹差しが棒術だと」

「へえ、それもね、棒術では公儀にも認められた大河内道場の高弟のおひとりですよ。金太郎正宗さんよ、この騒ぎ、この辺で互いに棹と竹槍を引きませんかねえ。そのほうが面目もなんとか守れる」

と彦左衛門が言った。

「おのれ、許さぬ」

と叫んだ金太郎正宗が先を尖らせた竹槍を屋根船の舳先に立つ桜子の胸に突き立てようとした。

その瞬間、ふわり、と桜子の長身が虚空に浮かび、屋根船の屋根に飛び移ると、竹棹の先を虚空を突いた竹槍に絡《から》め、飛ばした。

「ああー」

と喚いた金太郎正宗が体の均衡を崩して神田川の流れに落ちていった。
その様子を最初から最後まで無言で見ていた父親の広吉が、
「棹差し、舳先に戻りねえ」
と言うと屋根船の櫓に力を入れ、ほっとした体の松三も助船頭の仕事に戻った。
柳橋付近に泊まっていた大小の船がゆっくりと神田川を遡上し始め、桜子が棹方の務めに戻った。
船宿さがみの船着場を新造の屋根船が通るとき、女将の小春の、
「文化元年もあと半刻《はんとき》（一時間）足らず、ご一統様方、新春もつつがなくお過ごしくださいましな」
との挨拶のあと、元柳橋芸者の喉から美声が流れ出た。
「ああー、柳橋名物数々あれどよ、
三に神田明神ゆかりの三本桜、
二に富士塚、さがみ富士、
一は、言わずと知れたひょろっぺ桜子の
粋な棹さばきよう」

と即興の歌が神田川の船に伝わっていき、ひとりが、

「ようようよう」

と言いながら手を打ち鳴らし始めると大勢の人々がそれに加わった。

船宿さがみの新造船はなんとか昌平橋北詰めの船着場に着けることができた。

屋根船を降りた魚河岸の一行から江ノ浦屋彦左衛門が、

「桜子、なかなかの棒術ですな。初めて香取流棒術の腕前を見ました。どうだえ、わっしらといっしょに神田明神の初詣にいかないか」

「江ノ浦屋の大旦那様、わたしどもは船番が務めでございますよ。なにがあってもいけません、この場に残らせて頂きます。わたしどもより、吉香さんと軽古さんのふたり、よろしくお頼み申します」

とふたりのことを頼み、桜子は一行が神田明神下の雑踏のなかへと姿を消すのを見送った。

屋根船に戻ったとき、広吉は屋形船にぶつけられたあとを提灯《ちょうちん》の灯りで確かめていた。

「どう、傷がついている」

「ああ、なんとかかすり傷で済んだ」

「よかったわ」

「それにしても新造船にぶつけられたのは、こちらの不注意よ。親方になんと詫びていいか。この船をおれたち親子に託してくれた猪之助親方に詫びの言葉もねえや」

と繰り返したが、桜子の行いについてはなにも触れなかった。

屋根船にたとえかすり傷であれ、それを許したのはこの屋根船のこれからの運命《さだめ》を象徴する出来事だと親子は思っていた。

そのとき、昌平橋西詰めに諍《いさか》いを起こした屋形船が舫《もや》われるのを親子は見た。

「ひと晩に二度の悪さはしめえ。桜子も相手の悪さに容易く乗るんじゃねえ」

と広吉が忠言した。

そのとき、新しい年を告げる百八つの鐘が神田明神から殷々《いんいん》と響いてきた。

「お父つぁん、わたし十七歳になるわ」

「おお、親子ふたりの暮らしが十五年目に入るか」

「そうね」

と応じた桜子が、

「お父つぁんに前々から聞こうと思っていたことがあるの」

「なんだえ」

と除夜の鐘を聞きながら広吉が言った。

「お父つぁん、新しいお嫁さんもらおうとは思わなかったの。それともわたしがいるからそのことを諦めたの」

「嫁さんな。お宗の後釜を考えても致し方ねえや。一度こっきりで十分よ」

「おっ母さんたら、なぜわたしたちを捨てたのかしら」

「昔のことを詮索してもどうにもならねえ。出ていったのはおれたちじゃねえ、あいつ、お宗だ」

「そんなおっ母さんは江戸に帰ってきたわよ」

「おまえが元気かどうか確かめにきたんじゃねえか」

「と、思うわ。そして京の都に帰っていった」

「ああ、そうなるともう会うことはねえ」

「そうね」

と言い合ううちに百八つの鐘が鳴り終えた。

「新しい年が始まったね。おめでとう、お父つぁん」

「ああ、おれのことよりおまえに好きな男が現れたとき、おれに真っ先に見せねえ」

「お父つぁんが嫌な相手なら諦めろとわたしに命ずるの」

「おめえの選んだ相手を断る考えはねえ。こいつだけは覚えておけ」

その言葉に頷いた桜子は、

「お父つぁんにもしも惚《ほ》れた女の人が現れたときは娘のわたしに紹介するのよ」

「ああ、そうしよう。だが、そんなことがあるとも思えねえ」

と広吉が言い切ったとき、魚河岸の旦那衆が賑やかに戻ってきた。

「江ノ浦屋の大旦那様、ご一統様、新年おめでとうございます」

と主船頭の広吉が迎えた。

「めでたいな」

と応じた彦左衛門が正月元日に詣でる人々に配られる御朱印と、

「大願成就　神田明神」

と大書された木札を抱えてきて、その一組を、

「こいつは、船宿さがみのためだ。おまえさんら親子は、松の内に神田明神に詣

でると聞いたから、敢えて授かってはこなかった」

と広吉に渡した。彦左衛門も新造船が騒ぎに遭ったことを気にしていたのだ。

「軽古さん、吉香さん、どうだった。神田明神で聞く除夜の鐘は」

「わたしたち、初めて神田明神にお参りさせてもらい、百八つの鐘も聞いた。わたし、この年末年始を決して忘れないわ」

と軽古が答え、吉香も大きく頷いた。

「さあ、ご一統様、乗ったり、乗ったり」

と広吉が魚河岸の旦那衆や芸子衆や囃子方を屋根船に乗せた。

「江ノ浦屋の大旦那、魚河岸に着けますかえ」

「いや、さがみに寄ってくださいな。一杯、屠蘇《とそ》を飲んで別れようじゃありませんか。こたびは広吉、桜子の親子もいっしょですよ」

と彦左衛門が命じた。

三

なんと正月元日早々、船頭の広吉と桜子親子は、奉公先の船宿さがみの座敷に呼ばれて、旦那衆や芸子・半玉衆と屠蘇酒を酌み交わすことになった。

船頭の形の桜子は船宿の風呂を使わされ、用意していた正月の晴れ着に着替えて、

「遅くなりまして申し訳ございません」

と控えの間に座して、旦那衆に詫びた。

「おお、柳橋の千両役者の登場だぜ」

との幇間《たいこもち》の言葉に座が沸いた。

女将の小春が湯から上がった桜子の髷を直し、紅を刷《は》いてくれた。そのせいでいつもより格別に美しく装った桜子が江ノ浦屋彦左衛門に手招きされた。そこはむろん上席で、父親の広吉が落ち着かない顔で鎮座していた。その傍らがひとつ空いていた。

「江ノ浦屋の大旦那様、わたしはさような上席には座れません。どうか末席に」

と桜子は願ったが、

「この場は無礼講ですよ、それに大つごもりからそなたら親子には存分に楽しませてもらいました。いっしょに屠蘇で祝おうじゃありませんか」

と言われ、長身の腰を曲げて、座に直った旦那衆の後ろを上席へと回りこもう

とすると彦左衛門から、

「桜子、おまえさんは柳橋界隈の名物娘、ひょろっぺ桜子だ。腰なんぞ曲げてちぢこまることはない。すっくと立ったほうが桜子らしいですよ」

と言われて腰を伸ばし、一統に会釈して父親と彦左衛門の間に座した。

下座には船宿の猪之助親方と女将の小春が控えていて眼差しが合った。小春の顔には微笑みがあった。

さがみの女衆が屠蘇酒と調理したての雑煮《ぞうに》の椀《わん》を配って回った。

文化二年（一八〇五）の正月元旦を祝って一同が屠蘇を飲み、雑煮に箸《はし》をつけた。

桜子は船宿さがみの雑煮を食するのは初めてだ。母親のお宗のつくる雑煮がどんな味だったか記憶にない。上席に親方の猪之助と小春のふたりが回ってきた。親方の手には銚子が持たれていた。

「お父つぁん、わたしのつくった雑煮は雑煮じゃなかったわね。おかみさん、言葉にできないほど美味しい」

と父親と小春に小さく声をかけた。

「正月の雑煮は家それぞれの味があっていいのよ。こんど桜子ちゃんのつくる雑煮を食べさせて」

と晴れやかな正月衣装の小春から返事が返ってきた。

「どうだ、初めての女船頭、それも屋根船の棹差しはよ」

ふたりのやり取りを聞いた猪之助が話柄を変えた。

「新造船に傷をつけたことを棹差しとして親方様にお詫びいたします。またお客様ご一統にも不快な思いをさせたこと、お許しくださいまし」

と桜子が一同に頭を下げて願った。すると猪之助が、

「桜子よ、江ノ浦屋の大旦那様から新造船の傷の修理代として過分な金子を頂戴してな、うちじゃ却って儲けになって恐縮しているところよ。おまえが着替えてる間に広吉にも詫びられたが、ありゃ、うちには責めは指先ほどもない。相手が悪かったのよ」

と言った。

ただし一座の何人かは、あの騒ぎがこのままでは終わらないのではないかと危惧していた。

「いやさ、そのせいで女将の柳橋名物の歌を聞くことができたではありませんか。芸子衆たちと囃子方が、この場で正月祝いの総踊りを披露《ひろう》するといっています。

こたびは桜子は客として見物したらいい」

彦左衛門の言葉に次の間に控えていた囃子方が素早く大広間に姿を見せた。芸子衆も半玉衆も祝儀を頂戴して気分が高揚していた。

「よい、よいとな、それそれ」

と衣装の裾を引いて姿を見せ、旦那衆の席をぐるりと回りながら、

「魚河岸の旦那様方、旧年ちゅうはお世話になりました。新玉《あらたま》の文化二年もよろしゅうお引き立てのほどを」

と姉さん株の玉乃《たまの》が一座の頭分の江ノ浦屋彦左衛門の前に正座して挨拶を述べた。

「お父つぁん、玉乃姐《ねえ》さんやお軽ちゃんやおきちちゃんがわたしたちに挨拶したよ。どうしよう」

「桜子、おれたちじゃねえよ。五代目江ノ浦屋の大旦那やお仲間衆への挨拶よ、おれたちは、刺身のツマ、この場にいてもいないことになっているんだよ」

と広吉が囁いた。

囃子方の調べが変わった。

すると芸子・半玉衆が立ち上がり、軽古、吉香のふたりが、

「江ノ浦屋の大旦那様、柳橋のひょろっぺ桜子をお借りしますよ」

と断わり、手を引いて上席から桜子を連れ出した。

「桜子ちゃん、まずは表町の山桜の満開の折りに、わたしたち、娘たちが踊っていた山桜音頭を賑やかにやるわよ。一座の真ん中にひょろっぺの桜子が立ってね、わたしたちちびが左右に流れて、霊峰富士の姿かたちをつくるのよ」

と軽古が説明し、座敷の真ん中で桜子を頂きにした。

囃子方が賑やかに奏し、

「柳橋名物数々あれど、春は満開山桜、
風にちらちら花が舞う
柳橋には小判舞う
よいとな、よいよい」

と幇間が歌いながら踊り出した。

芸子衆を従えて、長身のひょろっぺ桜子が悠然と踊る様は、なかなかの見ものだった。

「広吉さんよ、自慢の娘だのう」

五代目江ノ浦屋彦左衛門が屠蘇を酒に替えた盃を持ち、晴れやかな一座のなかでも群を抜いて背が高い桜子の豪快な踊りに見入った。

魚河岸の旦那衆の宴は、大晦日の昼下がりから元日未明の船宿さがみでの締めの屠蘇と雑煮の集いまで二日にわたり、否《いな》、二年にわたり続いた。

最後にはやはり屋根船に旦那衆を乗せて、広吉と松三が魚河岸まで送っていくことになった。むろん主船頭の広吉は屠蘇を舐《な》めただけでそのあとは飲んでいない。

晴れ着姿の桜子も襷掛《たすきが》けに裾を少し端折《はしよ》り、舳先に立って棹差しを務めた。

大川に屋根船が出たとき、東の空が赤く染まって日の出前の薄明《はくめい》が棹差し姿の桜子を艶《あで》やかに浮かばせた。

「おい、柳橋の美形、ひょろっぺ桜子じゃねえか」

と初日の出を江戸の内海で迎えようとする客を乗せた猪牙舟から声がかかった。

「ご一統様、明けましておめでとうございます」

と晴れやかな声で応じた桜子が、

「穏やかな年明けをご一統様といっしょに迎えられて、ひょろっぺ桜子、幸せでございます」

「おうおう、柳橋での旗本奴《やっこ》の屋形船相手の棹さばき、見たぜ。二本差しなんて形無《かたな》しだな。あやつら、明日の正月登城、顔上げていけめえな」

「そのとおり」

と別の猪牙舟の客が、

「桜子さんよ、今朝の読売を見ねえな。おまえさんの武勇が大きく載っているぜ。もはや柳橋のひょろっぺじゃねえよ、江戸の桜子だぜ」

と得意げに読売を振ってみせた。

「なにっ、読売に載ったかえ。ひょろっぺ、どんな気分だ」

とほかの屋根船から声がかかった。まさか読売に載るなんて努々《ゆめゆめ》考えもしなかった桜子は、

「ご一統様、恥ずかしくて江戸の町を歩けませんよ。大仰《おおぎょう》に書くのが読売と聞いております。どうか話半分にお受け取りください」

そんな問答を聞いた江ノ浦屋彦左衛門が仲間に、

「魚河岸に送ってもらおうと思ったが、わっしらも江戸の内海で初日の出を拝んで読売を購っていきましょうか」

と言い出した。

さすがは一日千両の銭が落ちるという魚河岸の旦那衆だ、派手な話に乗らない

わけがない。

「おお、江ノ浦屋、初日の出だ」

とか、

「読売を買い占めて日本橋でぶん撒《ま》こうじゃないか」

と応じた。

「主船頭の広吉さんよ、江戸の内海に船を向けておくれ」

と彦左衛門に命じられた広吉が、

「棹差し、屋根船を江戸の内海に向けねえ」

「合点ですよ、お父つぁん」

と桜子が応じて、親子の問答を聞いた周りの船から歓声が揚がった。

大川河口と江戸の内海には、大小の初日の出見物の船が波に揉《も》まれていた。そこへ賑やかにも晴れ着姿の棹差しがすっくと立つ屋根船が加わり、折りから初日が姿を見せて、無数の船を浮かび上がらせた。

そのなかでも新造の屋根船の舳先に立つ桜子は一段と艶やかで遠くの船からもその姿がよく見えた。

「おお、柳橋のひょろっぺ桜子だぜ」

「読売で読んだぜ、大つごもりの宵は柳橋界隈でひと暴れしたそうだな」

と声がかかり、船宿さがみの屋根船が人々の視線を一身に集めた。

「ご一統様、新年あけましておめでとうございます」

と桜子が上気していささか甲高《かんだか》い声で新春の挨拶を述べると、

「おめでとうさん」

との声が沸き上がった。

そこへ読売屋の幟《のぼり》を立てた数艘の猪牙舟が現れ、片腕に読売の束を載せた売り子の男衆が、

「新玉の文化二年、ご一統様、おめでとうございますよ。新年初めての読売、へえ、柳橋の美形、ひょろっぺ桜子の柳橋での屋形船相手の大立ち回りが事細かに載ってございますよ。元旦の読売、ふだんは五文ですがね、本日は正月なので格別に十文です。どなた様もお早めにお買い求めくだせえ」

と叫ぶと、

「おお、おれに二枚くんな」

とか、

「おれは五枚だ」

とか読売の売り子を乗せた猪牙舟を皆が呼んだ。

最前口上を述べた読売舟が晴れ着姿の桜子の屋根船に漕ぎ寄せるなり、

「魚河岸の旦那衆、二年ごしの祝い船、景気をつけてくだされや」

と呼びかけると、江ノ浦屋彦左衛門が、

「ようし、猪牙の胴の間に積んである読売ひと束、こちらに放り込んでおくれな。ほれ、読売代だ」

と代わりに何枚かの小判を猪牙舟に投げ込んだ。

「さすがは五代目江ノ浦屋の大旦那、太っ腹だね」

「よろしいか、読売屋さん、この読売が売れ残るようならば、魚河岸にいくらでも持っていらっしゃい。明日の初売りに集まる江戸じゅうの魚屋に配りますよ」

「大旦那、仕事始めの明日、初売りの景気づけは、初日の出に浮かぶ新造屋根船の舳先に立つひょろっぺ桜子の艶姿の絵入りの読売だぜ。ほれ、江戸の内海に上がった初日の出に照らされた旦那衆よ。おれの足元を見てみねえ。うちの絵師がこの猪牙にはいつくばって晴れ着姿の桜子を描かんと絵筆を走らせてようが」

と鍛え上げた声で叫ぶと、

「よっしゃ、明日もおめえのとこの読売買ってやるぜ」

とあちらこちらから声がかかり、売り子を乗せた猪牙舟がどれほどあったか知らないが、大量の読売を江戸の内海で売りつくした。

「桜子、舳先を大川に向け直しねえ」

と艫から広吉の平静な声がかかり、合点です、と応じた桜子がいったん棹を置くと、襷を外し、裾を改めて初日に向かって深々と頭を下げて両手を合わせた。

「ようよう、柳橋のひょろっぺ桜子よ。今年はおまえさんの年だぜ」

と声がかかる中、桜子は頭を上げて、屋根船がくるりと舳先を回すと改めて棹を摑んだ。

「猪牙の船頭さん、屋根船を通してくださいな」

「おうよ、おめえさんの棹でおれの猪牙をちょこんと突いてくんねえな。おまえさんの人気のお裾分けを頂戴するぜ」

と舳先を寄せてくる猪牙舟を桜子は棹で突いた。

「よっしゃ、ひょろっぺ桜子の景気をもらった」

屋根船が向かう大川河口に初日の出を詣でた大小の船が寄ってきて、桜子は一艘ずつ舳先を突きながら進んでいった。

昨日からの神田明神二年参りと正月元旦の江戸の内海での初日の出詣で、なんと二日がかりの魚河岸の旦那衆の年末年始の集いが無事に終わった。

屋根船が魚河岸に戻ったとき、御三家御三卿、譜代《ふだい》大名衆の初登城の御行列が日本橋を粛々と渡ってそれぞれの屋敷に戻る刻限になっていた。

船頭の広吉らに江ノ浦屋彦左衛門から祝儀が配られた。最後に呼ばれたのが桜子だ。

「楽しい年末年始でした。これはお年玉の代わりです。ただし中身ははいっていません。よろしいですか、桜子、このなかにおまえさんに大きな運が向くような私の気持ちが入れてあります。おまえの運を引き寄せる手伝いをしてあげるから、迷った折りには魚河岸に訪ねてくるんですよ」

と空の紙包みを渡した。

「お父つぁん、大変なお年玉を貰っちゃったよ」

「おお、江戸広しといえども天下の魚河岸、五代目江ノ浦屋彦左衛門様の気持ちをご祝儀に頂戴した娘はほかにはいまいぜ。わっしら、魚河岸に足を向けて寝られねえよ」

と広吉が漏らすと彦左衛門が、

「親父さんよ、桜子はな、私が相惚れと勘違いして通っていた吉原の花魁が落籍されたと知ったその日、柳橋の上で私を見送った娘ですよ。生涯、頭が上がらないのはこの私のほうです」

と言い残して屋根船を下りていった。

半刻後、桜子は馴染みの表之湯に浸かり、長い手足を伸ばしていた。女湯のほうには桜子ひとりだった。どこの家でも身内じゅうが集まり、正月料理を楽しんでいる刻限だ。湯屋に客は親子のほかにはいなかった。

「お父つぁん、男湯は相客がいるの」

「いや、早々に初湯に入って御節《おせち》料理を食べておられるかね、おれひとりの贅沢よ」

「こっちも桜子ひとりよ」

と答えたところに柘榴口《ざくろぐち》を潜ってくるひとりの人影が見えた。

「あら、お琴じゃない」

「そうよ、読売を読んでさ、桜の武勇伝が載っているから知らせてやろうとさくら長屋を訪ねたら、なんと桜とお父つぁんが仕事を終えたのは最前だって。ただいまは表之湯に行っていると長屋の女衆が教えてくれたのよ。知っていた、桜がでかでかと読売に載っているのよ、ふだんは読売なんて読まない父上が、桜の勲《いさお》しを読んでさ、『さすがはひょろっぺ桜子、勇ましいな』と大喜びして読み返していたわよ。それでさ、教えるついでに私も初湯に入りにきたわ」

と湯船にちびのお琴が飛び込んできた。

「読売に載ったことを知っていたの、桜」

「知っていた。魚河岸の旦那衆といっしょに初日の出を拝みにいったのよ。そしたら」

江戸の内海で、読売屋が初日の出を拝みにきた人に読売を売りにきたことや、桜子を取り巻いて大騒ぎになったことをお琴に説明した。

「なんだ、知っていたのか、その割には平然としているわね、桜ったら」

「だって読売に明日も書かれるんですって」

と内海での話の続きを言い添えた。

「えっ、明日も読売に絵入りで載るの。魂消《たまげ》たわ、もはや桜は江戸一の有名ひょろっぺ娘だね。ちびのお琴もなんとか売り出さなきゃあ」

「来年はちびっぺのお琴とひょろっぺの桜で屋根船の棹差しをやる」

ふたりして表之湯の湯船を独占して、いつまでもおしゃべりをしていた。

「おい、娘ども、おりゃ、長屋に戻ってひと眠りするからな」

と広吉の声が男湯から聞こえてきた。

四

広吉と桜子は、正月二日も休まず仕事に入った。

船宿さがみの猪之助親方の求めで正月三日間、親子は屋根船の主船頭と棹差しを務めることになった。親方は、二日も続けて派手に読売を飾った桜子を屋根船から下ろすわけにいかないというのだ。

「桜子、親方の願いだ、どうするよ」

と広吉が困惑の表情で桜子に質した。

「わたしはいいわよ。でも、船頭は、女ではダメだったんじゃないかしらね」

と言い返すと、

「おお、正月は格別だ。三が日が過ぎたら、おりゃ、猪牙舟で独り船頭に戻らあ」

と理屈の通らないことを苦々しい顔で応じたものだ。

町屋では正月二日が初仕事だ。

となると屋根船で大川を上下して遊ぶ客はおるまいと親子は思っていたが、形ばかり初仕事を為したあと、元日に行けなかった初詣に大店《おおだな》の身内親類一同が出入りの商人を乗せて浅草寺や神田明神や湯島天神や深川の富岡八幡宮《とみおかはちまんぐう》に繰り出すという話が船宿さがみには次々に飛び込んできた。

明らかに読売の影響だった。そんなわけで二日、三日ともに広吉と桜子親子の屋根船は多忙を極めた。

晴れ着姿で棹差しを務める桜子は人気の的で、屋根船の客たちはむろんのこと、大川や神田川や深川の小名木川などですれ違う大小の船から、

「よう、柳橋の美形娘」

とか、

「ひょろっぺ桜子、今年はおめえさんの当たり年だな」

などという声がかかった。

予想もしなかった多忙ぶりに親子はさくら長屋に戻る暇もなく、船宿さがみの一室で寝泊まりすることになった。

四日の朝、広吉は猪牙舟に独り乗って仕事に出かけた。一方、さくら長屋に戻

って普段着に着替えた桜子は、薬研堀の香取流棒術大河内道場に初稽古に向かった。

「桜子、すっかり人気者になって棒術道場なんて忘れたかと思ったぞ」

道場主大河内立秋老の孫、道場の跡継ぎの小龍太が笑みの顔で迎えた。

「若先生、お父つぁんの奉公先の都合で稽古に来られませんでした。本日からふだんの暮らしに戻します」

と道場に入った桜子は、立秋老や大勢の門弟衆に迎えられ、神棚に拝礼したあと、

「大師匠、ご門弟衆、新年の挨拶が遅れましたが、明けましておめでとうございます」

と挨拶した。

「ふっふっふ」

と老師匠が悦に入った笑みで迎えた。

「うちの棒術娘が派手な売り出し方で人気者になったものよ。お陰でな、うちに入門したいという者が正月早々何人も現れたぞ。かようなことは長く棒術道場をやっておるが、初めての仕儀じゃ」

「えっ、こちらにも迷惑をおかけしていますか。申し訳ございません」

といささか狼狽した桜子が詫びた。

「桜子、詫びる話ではないわ。なあにそなたがおるというので、もの珍しさで道場を覗きにきて、勢いで仮入門したのだ。その者たち五人のひとりとして弟子として残るまい」

と立秋老が言い、

「稽古着に着替えてこよ。世間を驚かせた棹差し娘がどれほどの腕前に変わったか、それがしと稽古をしようではないか」

と小龍太が言った。

「若先生、お願い致します」

と控え部屋で着替えた桜子は道場に戻ると、手に馴染んだ棒を壁から取って携えた。すると小龍太が五人の新入りと思しき弟子に、

「そなたら、読売に書かれたうちの女弟子が幼い折りからどれほど厳しい修行をしてただいまの技量になったか、とくと見よ。一日や二日で桜子になれると思うな。さような考えの主は、いま直《す》ぐにも道場を退出してよいぞ」

と言った。

新入りたちは顔を見合わせ、五人ともが道場に残った。

小龍太は木刀、桜子は六尺棒で久しぶりの稽古に入った。

むろん弟子の桜子が六尺棒を駆使して小龍太を攻めに攻めた。

小龍太は桜子の一打一打を木刀で丁寧に弾き返しながら次の攻め口を桜子に動作で告げた。両人のかような身ごなしは、長年の稽古の賜物だ。

桜子はひたすら攻めることに徹した。弟子が師と打ち合う折りの礼儀だ。

どれほどの刻限が過ぎたか。

小龍太が、すっ、と木刀を引き、桜子も棒を携えて退《さが》った。

「桜子、年末年始、船頭仕事が多忙で稽古ができておらんのではないかと思うておったが、どうしてどうしてなかなかの動きではないか」

と桜子に言った小龍太が、

「ご隠居、どう思われますか」

と祖父である大師匠の立秋老に質した。

「小龍太、わしも驚いておるわ。屋根船の棹は六尺棒の何倍も長かろう。それを自在に扱うのは至難の業じゃぞ。力ばかりでは棹方はできまい。桜子は幼いうちから親父どのの猪牙舟に乗り、見様見真似で棹差しを会得しておったゆえこたびの屋根船の棹方も務められたのではないか。となると、小龍太、うちの新米弟子も船宿さがみに入門させるか。いや、小龍太、そなたがまず桜子の弟子になれ」

　と冗談まじりに言った。

「大師匠、わたしが棹差しの真似事ができたのは、こちらで棒術の基から教えて頂いたことが役に立ったからだと思います。真にありがとうございます」

「桜子、そなたの棹差しも棒術も一朝一夕でなったものではないということよ」

　と応じた小龍太が、ふたりの稽古ぶりを言葉を失って見ていた新入りの弟子に眼差しを向けた。

　五人ともに町人や浪人ではなく、大河内家同様に直参旗本の子弟と桜子には思えた。

「そなたら、桜子の棒術が読売に書かれたような派手な技と勘違い致すでないぞ。船頭の父親の棹遣いや櫓の扱いを幼い折りから手伝い、地道な棒術の基の稽古を積んできたからこそ、こうやって半刻ほどの稽古が叶うのだ」

　と小龍太が言った。

「若先生、桜子どのの攻めに手加減して対応しておられたか」

　と五人のうちで一番体付きががっしりした新入りが質した。歳は桜子よりふたつほど上に思えた。

「水野《みずの》源一郎《げんいちろう》、そう見たか。そなた、柳生一刀《やぎゆういっとう》流坪内《つぼうち》道場の門弟であったな。いくつから坪内先生のもとで稽古をしてきたな」

「八歳の折りからです」

「十年以上の稽古を積んできたか。改めて聞こう、桜子の棒術をどう見たな」

「女子にしては、なかなかの腕前とみました」

「桜子はな、これまでそれがしが主に稽古相手を務めてきた」

「やはり女子ゆえほかの門弟とは稽古をさせなかったのですね」

「それもある。だが、それだけではない。そのことをおぬしに説明する要もない」

と言った小龍太が、

「ご隠居、この源一郎が桜子と棒術の稽古がしたいというておりますが、お許しいただけますか」

と立秋老に乞うた。

「そうか、源一郎、桜子の棒術がどれほどのものか稽古してみたいか」

「大先生、若先生、それがし、桜子どのと稽古をしたいなどとひと言も申し上げておりませんぞ」

慌てた源一郎が驚きの声を発した。

「なに、稽古をしたくはないか」

「いえ、大先生のお許しがあればむろんのこと、それがし、桜子どのの稽古相手を務めとうございます」

「よかろう。本日は格別じゃぞ。小龍太、ふたりの稽古を見てやれ」

と立秋老が命じた。

桜子にとってほかの門弟と稽古するなど滅多にあることではない。まして道場主のご隠居と跡継ぎに求められるのは初めてだった。

「桜子、しばし休息したあとに源一郎と稽古をなすか」

と小龍太が気にかけた。

「いえ、水野様をお待たせしてもなりません」

と言った桜子が、

「水野様、ご指導お願い申します」

と願った。

「うむ」

と応じた源一郎が木刀を手にゆったりと道場の中央に向かった。

桜子は最前小龍太と稽古をした折りの六尺棒だ。

「ご両人、改めて申しておく。これは稽古じゃぞ。とは申せ、手加減をしたり打ち合いと勘違いしたりすれば怪我をする。それがしの命に従ってもらう。よいな」

と小龍太がご両人と呼びかけながらも源一郎に言い聞かせた。

「はっ」

と短く答えた源一郎に対し、桜子は、

「承知しました」

と応じていた。

源一郎が正眼に木刀を構えた。

柳生一刀流坪内道場は江戸でも名の知られた武道場だった。香取流棒術道場の道場主である立秋老もその跡継ぎの小龍太も源一郎の技量を察していた。ゆえに桜子との稽古を許したのだろう。

背丈は桜子が二寸ほど高かった。一方、体付きは源一郎のほうが逞《たくま》しく、足腰もしっかりとしていた。

構え合った両者は、剛と柔に見えた。

六尺棒の中ほどを小脇に抱えた桜子が源一郎に、

「お手柔らかに」

と願った。

「おう」

と応じた源一郎が一気に踏み込んで木刀を揮《ふる》った。

最前桜子が若先生の小龍太の指導を受けた折り、執拗に攻めに攻めていたことを頭に刻み込んでいた。そこで源一郎は桜子より先手、先《せん》の先《せん》を果敢にも選んだ。

源一郎の面打ちが桜子を襲った。

すると小脇に抱えられていた六尺棒が、すっ、と伸びて源一郎の木刀に絡んで、柔らかく弾いた。

「なにくそっ」

と思わず声を漏らした源一郎は弾かれた木刀を上段に移し、さらに面打ちを繰り返した。

坪内道場の年少組のなかでは、源一郎の面打ちは、

「一本躱しても二本三本と執拗に繰り返されるのでついには根負けする」

と言われていた。しかし、成人組に移ると源一郎の面打ちは通用しなくなった。面への続け打ちを桜子は六尺棒の両端をうまく使いながら淡々と躱し、弾いていた。

最前の小龍太との稽古とは異なり、源一郎が攻めて、桜子が受け流していた。いつしか源一郎の額に汗が浮かび、それを見た仲間が、

「源一郎、なにをしておる。女子にもて遊ばれておるぞ」

と思わず叫んでいた。源一郎は得意の面打ちを捨て、今度は桜子の棒を握った小手に攻めを集中させた。

が、桜子は巧妙にも回り込みながら間合いをとり、棒の両端を使って小手打ちを弾き返した。

源一郎は相手の間合いで打ち合っていることを察したか、ぱあっ、と下がって、木刀を正眼に戻した。

桜子は、その場に立って相手の攻めを待った。源一郎は動かなかった。いや、攻め疲れて動けなかった。荒く弾む息を見た小龍太が源一郎になにかを言いかけたとき、源一郎が踏み込みながらふたたび面打ちをしかけた。だが、最前の続け打ちで源一郎の腰が浮き、足の動きも鈍くなっていた。それでも源一郎は、顔を

真っ赤にして面打ちに拘《こだわ》った。

桜子は源一郎の動きを見つつ、面打ちを弾き返していたが、何本目かに源一郎がよろけたのを見て、すっ、と下がって打ち合いの間合いの外に出た。その動きを勘違いした源一郎が、

「逃げるでない」

と喚きながら木刀を構えたまま桜子に迫った。

桜子は源一郎の攻めを待ち、木刀に棒を合わせると、ひょい、と押した。すると源一郎の体が浮いて、道場の床に背中から叩きつけられていた。

「よし、稽古はこれまで」

と小龍太が源一郎に告げた。

桜子は所定の場に戻ったが、源一郎は床から直ぐには起き上がれなかった。そして、源一郎の体が揺れて、

「うおおっおお」

と泣き声が道場に響き渡った。

桜子がその場に正座して頭を下げて下がった。

「小龍太、源一郎をわしのところに連れて参れ」

と立秋老が命じた。

小龍太が源一郎の手から木刀をとり、見所《けんぞ》に連れて行った。そして、立秋老に源一郎を任すと茫然自失している仲間たちのもとへきた。

「道場に入り、稽古を為す折りは、年寄りも若者も、男も女も関わりない。きちんと修行した者が最後まで道場に立っておろう。じゃが、そのことはさほど大事なことではない。床に転がった者がそれまでの修行ぶりをどう見詰め直すかがなにより大事なのだ。そなたらも桜子と稽古をしたとて源一郎以下の打ち合いしかできぬわ。それが嫌ならば、道場を去《い》ね」

と静かな口調で告げた。

四人の仲間は言葉が見つからないのか、ただじっと立っていたが、

「若先生、源一郎は棒術の技に負けたのですか」

「つまり、そのほうは互いが竹刀や木刀など同じ道具で打ち合えば、違う結果が出たと言いたいのか」

「は、はい」

「はっきり言うておこう。桜子が竹刀でそなたらと立ち合ったとしても同じ結果だ、間違いないわ。武術の修行とは勝ち負けではない。大事に直面したとき、己

の考えに徹して潔く行動できるかどうか、腹をくくることだ。分かるか」

　小龍太の言葉にだれもなにも言わなかった。

「源一郎を連れて帰れ」

「若先生、われらの入門はなしでしょうか」

「そのことを決めるのはそなたら一人ひとりの考えよ。うちの棒術道場の門は、修行をしたき者には常に開かれておるでな」

　と言った小龍太が見所を見ると、立秋老になにを諭されたか、うなだれた源一郎が道場の入り口に向かっていた。

「そのほうら、仲間なら、どうすべきか承知であろう」

　と小龍太の言葉に無言で頷いた四人が道場から立ち去った。

「若先生、新入りの門弟を失いましたか」

「桜子、そなたのせいではないわ。源一郎の甘えた剣術修行が招いた結果だ。致し方ないわ」

「もはや道場には戻ってきませんか」

「そうじゃな。ひょっとしたらじゃが、源一郎か、あるいは別のだれかが一人《いちにん》くらい戻ってくるかもしれんな。なんともいえぬ」

と言った小龍太が、

「桜子、そなた、船頭になるか」

「望みは捨てきれません。だけどお父つぁんはまだ反対のようだし、今少し時が要《い》るようです」

と桜子が言い、小龍太が頷いた。

「ああ、そうだ、若先生は猪牙舟に乗ったことはありますか」

「わが家は舟に乗る贅沢を許されておらぬ」

と小龍太が言った。

「ならば」

と前置きした桜子が思い付きを語った。

第四章　江戸川の舟遊び

一

両国西広小路に面し、かぎ形に立地した米沢町一丁目の南西裏手に米沢町二丁目はあった。

お琴こと本名琴女《ことじょ》の父親横山向兵衛が営む米沢町寺子屋は、その二丁目のさらに裏手にひっそりとある。娘のお琴の話では、爺様の代から寺子屋を開いているので自分は三代目ということになる。

向兵衛と内儀《ないぎ》の久米子《くめこ》のあいだには、娘の琴女がひとりいるだけだ。

琴女が生まれる前に男の子がふたりいたが、流行り病で赤子のうちに身罷った。

夫婦はもはや子供を授かるまいと考えていたが、新たに懐妊した。

夫婦は、一段と小さく生まれた赤子も早晩亡くなると覚悟を決めていたが、琴女と名付けられた娘は同年齢の子にくらべて小さいながらもすくすくと元気に育った。

桜子は、幼い折り母親に手を引かれて柳橋の神木三本桜を見物にきた琴女と知り合いになった。

ひょろっぺ桜子とちびっぺ琴女はなぜか気が合い、幼いながら互いが心を通わせる友になった。ふたりはいつも、桜子はお琴、琴女は桜と愛称で呼び合った。

薬研堀の棒術道場で新入りの水野源一郎を泣かせた翌日、桜子は久しぶりに米沢町の寺子屋に行った。すると父親の手伝いで子供たちに字を教えていたお琴が、

「あら、うちに来るなんて桜ちゃん、珍しいわね」

と声をかけてきた。

「ちょっと大河内道場に行きづらくなったの」

「どうしたのよ、棒術の稽古大好きだったじゃない」

と問われて経緯を手短に話した。すると寺子屋の師匠の向兵衛が、

「なにっ、新入り門弟と立ち合って泣かせおったか」

と苦笑いの顔で質した。

「は、はい。相手は柳生一刀流の坪内道場の手練れということで、若先生の小龍太さんの提案に大師匠まで乗って、打ち込み稽古をすることになりました」

「で、そなたが坪内道場の手練れを道場の床に叩きつけたか」

「そう手ひどくはなかったと思います」

「でも、桜が年上の相手を床に転がしたのは事実でしょ」

「お琴ちゃん、それはそうだけど。まさか、わあわあ」

「と泣くとは思わなかったのね」

「うん、相手は仲間四人といっしょに入門したばかりで、仲間の前で床に転がされたことに魂消たのかな。ともかくあの五人はもはや大河内道場に来ないと思うの。若先生は、ひとりくらい残るんじゃないかとおっしゃっていたけど、入門したての五人が辞めるとなると、道場に入門料が入らないでしょ」

「桜子、さようなことを弟子のそなたが考える要はないわ。わしもな、話を聞いてひとりくらい残るのではないかと思ったがな。まあ、娘のそなたにやられては仲間内で面目も立たないと思ったのであろう。習いごとはすべて、かような折りにどう対処するか、そこで本物かどうかに分かれるのじゃがな」

と向兵衛先生が嘆いた。

「桜は、なんとなく大河内道場に行きにくなったのね。桜にまで道場をやめられたんじゃ、大河内道場にとってそちらのほうが大痛手よ」

「お琴ちゃん、わたし、棒術は決してやめないわ。ただ、わたしがいると道場に残ろうと思った新入りも考えちゃうんじゃないかと思ったの。それで数日休もうかと思っただけよ」

「父上が言うとおり、そんなこと桜が考える要はないわ。桜子姉さんは毎日道場に通って男どもを叩きのめしなさい」

とお琴が言い切って、小さな体で豪快に、

「ふあっははは」

と笑った。

桜子は悩んでいたことが吹っ飛んだように思えた。

「桜ちゃん、これから薬研堀の道場に駆けつける、それともうちでなにかやる」

「お琴ちゃん、今日は手習いがしたい、松の内ゆえ書初《かきぞ》めかな。気持ちがすっきりするまでなにか字を書きたい。ひらがな混じりよりひたすら漢字をくり返し書くわ。なにかいい言葉はない」

「そうね、ただいまの桜に似合いの四字熟語ね」

とお琴がしばし思案する様子を見せた。そして、

「そうね、豪放磊落だな」

と言い切った。

「ごうほうらいらく」

桜子にはお琴が言った熟語の漢字が思い浮かばず、むろん意味も推量すらできなかった。

お琴が手近にあった紙片にすらすらと四文字を書いてみせた。

「豪放とはこう書くのか、この二文字は察することができるわね。あとの二文字が分からない」

「豪放と同じ意と思って。気持ちが大きくて些細《ささい》なことには拘《こだわ》らない、小事は捨ておくの意かな」

と説明したお琴が父親を見た。

「豪放磊落の反対は、小心翼々《しょうしんよくよく》であろう。気を配りすぎて、びくびくするという意だが、柳橋のひょろっぺ桜子は、いささか小心翼々に陥っておらぬか。桜子、大らかな気持ちを取り戻すように琴女のいった四文字をひたすら書いてみよ」

と寺子屋の師匠が賛意を示した。

「はい」

桜子は読み書きをなす少年少女から離れた場所に自分用の机を移し、筆硯紙墨《ひっけんしぼく》を用意して墨を磨《す》り始めた。

墨を磨り終えたとき、桜子はしばし瞑想《めいそう》した。そして、丁寧にと心掛けて四文字を認《したた》め始めた。ひたすら四文字と対話するように筆を動かした。繰り返すことで流れが生まれた。

どれほどの刻《とき》、その四文字を認めたか、頭ではなく手が覚えた。すると文字がその意を桜子に訴えてきた。

（気持ちを大きく些細なことに拘るな）

桜子は豪放磊落の意を考えつつ、四文字と格闘した。いつしか無念無想で四文字を書き続けていた。

そんな様子を子供たちに読み書きを教えながら横山向兵衛とお琴親子がちらりちらりと見ていた。

「父上、あんな顔付きの桜子は見たこともないわ」

「そなたと違い、このところ桜子の周りにはあれこれと騒ぎが起こったでな、いつもの大らかさを見失ってしまっていたようだ」

「そうね、母親のお宗さんが江戸に一時戻られた出来事からいろいろあったものね。私などには思いもつかないことばかりが桜子に襲いかかったのよ」

「凡人のそなたではそのひとつことでも対応できまい。桜子とて心の平静を乱して不思議はないわ」

「はい」

「そなたにとって大事な朋輩じゃな」

「そうね、生涯の友だと思うわ」

「わしらができることはただ見守るだけよ」

父の言葉に頷いたお琴には柳橋界隈に大勢の友がいたが、

（私と桜子は格別な間柄よ）

とお琴は思った。

桜子が動きを止めて、これまで認めた数多くの豪放磊落の、小さな四文字を見直していた。そして、墨を磨り直して気持ちを切り替えたかに見えた。

今日の桜子は実に慎重で繊細だと、お琴は思った。桜子のなかでなにか新しいことが生じようとしていた。

「師匠、全紙一枚、頂戴します」

というと勝手知った寺子屋の紙が納めてある隣部屋に入り、大判の全紙を一枚選んできた。格別な催しの折りに使うものだ。むろん弟子たちは一枚につきなにがしかを支払った。

板の間に紙を広げてふたたび瞑想した。

お琴はこれまで桜子が幅二尺二寸余に長さが四尺五寸余もある全紙に書を認めたことがあったろうかと思った。が、どう考えても初めての試みだと思った。

両眼を見開いた桜子が虚空に指で豪放磊落の文字を幾たびかなぞり、動きを止めた。

桜子は紙上に視線を落とすと、手にした大筆を硯《すずり》に浸して寸毫の間を置き、筆を走らせた。なかなか雄渾《ゆうこん》な動作だった。

「気持ちが決したか」

と向兵衛が呟いた。

桜子はその墨文字を口先でふうふうと吹いて乾かそうとしていた。

少し離れたところから見ていた親子は近くまで寄っていった。

なんと、紙からはみ出す勢いで文字が認めてあった。

「小心翼翼に非じ
　豪放磊落を志す」

　とあった。

「ほうほう」

　と向兵衛が呟き、ちびっぺお琴が、

「ふはっはっはは」

　と豪快に笑った。

「師匠、お琴ちゃん、この書初めをさくら長屋に張っておくわ。わたし、毎朝この言葉を読んで一日を始めるの」

「いいな、それはよい」

　と寺子屋の師匠が言った。

　いつの間にか寺子屋から子供たちの姿が消えていた。

「わたし、長屋に戻るわ。お琴ちゃん、この昼下がり、柳橋の船宿にこられる」

「なにかあるの」

「半日、猪牙舟を借りて、松の内に神田川を遡ってみようと思うの。付き合ってくれない」

「おっ、いいな。私、神田川を遡ったことはないわ。行くいく。父上、いいでしょ」

とお琴が応じて、父に許しを乞うた。

「よかろう」

頷いた向兵衛に会釈を返した桜子が墨の乾いた全紙を丸めて持ち、

「師匠、紙代、明日お持ちします」

「桜子、そなたが元気になったのだ、紙代など気にするな」

「私が桜子の漕ぐ猪牙舟に乗せてもらうお代とちゃらにして」

と親子が同時に言った。

桜子は米沢町からさくら長屋に戻ると神棚の下に書初めの書を貼った。そして、ぽんぽんと手を叩くと合掌して頭を下げた。

年末年始と屋根船の棹差しをやっていた折りにお客人から頂戴した心づけがなんと一両近くあった。竹筒に入れていた銭と合わせて一分ほど財布に入れるときくら長屋を出た。

「桜ちゃん、今日はなんだか朝早くから慌ただしくないかえ」

と長屋の井戸端にいたおかみさん連のひとりから声がかかった。

「はい、寺子屋で書初めをしてきました。神棚の下に貼ったの」

「なに、寺子屋で書初めね。そういえば大きな紙を抱えて長屋に戻ってきたね」

「うちを覗いてみて」

と言い残した桜子は長屋を出ると、神木三本桜に立ち寄り、真新しい注連縄が張られた老桜に拝礼し、

（山桜様、わたし、豪放磊落を目指します）

と誓ったあと、富士塚のさがみ富士にも一礼すると船宿さがみに駆けていった。

船着場の端っこにこれまで広吉が長年使っていた猪牙舟が舫われているのを桜子は確かめた。

猪之助親方は、船頭の広吉の猪牙舟の舟底を修理するのを許したが、長年使い込んだ古い舟が新造の猪牙舟に蘇《よみがえ》るわけもない。広吉は、

「親方、わしは慣れた猪牙がいい」

と抗ったが、親方は修理を終えた猪牙舟は客用にはせず私用に使うことにして、老練な広吉には前々から船大工に注文していて年の瀬にでき上がってきた新造の猪牙舟を与えたのだ。

そんなことを桜子が思い返していると、折よく父親の猪牙舟が柳橋を潜って船着場に戻ってきた。

「なんか用事か、桜子」

「お父つぁん、新しい猪牙は、どう」

「屋根船もそうだったがな、新しい舟に慣れるにはそれなりの苦労がいるな。松の内に乗られたお客人は気持ちがいいって、言ってくれたがね。新造の舟の扱いになれるまでには数月はかかるだろうよ」

広吉らしい慎重な言葉だった。

「ならば修理した古い舟に戻してもらう」

「馬鹿をいえ。親方の親切が無になるわ」

「そのことそのこと、桜子、おれの親切を仇《あだ》で返す気か」

と猪之助親方が船着場に下りてきた。

「親方、そんな気持ちはありません」

「桜子、なんぞ下心がありそうだな」

「親方は八卦《はっけ》を見るの」

「ふーん、言ってみろ」

「半日、修理したばかりの猪牙をお借りしたいのだけど、借り賃はいくら。いえ、船頭はいいの」

「ははあ、おめえが櫓を握ろうという魂胆か」

「そういうことです」

「なんぞ曰くがあるのか」

「これまでお世話になった知り合いを乗せて、神田川見物をさせてあげたいの。ダメかな、お父つぁん、親方」

桜子の手には竹籠があって飲み物とか食い物が入っていそうだった。父親の広吉は娘がいつ用意したか全く気付かなかった。

「そういうことか。つまり幼いころから散々《さんざ》っぱら乗ってきた親父の猪牙を借りて舟遊びにくり出そうって趣向か」

「はい、親方」

桜子の返事を聞いた猪之助親方が父親を見た。

「どうするな、娘がこれまで世話になった知り合いを乗せるとよ。屋根船の棹差しを務めた娘だ、長年使った猪牙舟を使わせていいかえ」

「親方、もはやあの猪牙はわっしの舟じゃありませんぜ。船宿さがみの持ち物だ。

あとは親方の気持ち次第」

「桜子の腕次第というか」

「へえ、素人の娘ということは親方も承知でしょうが」

「素人の娘が新造の屋根船の棹方を年末年始とやり遂げたよな。そのうえ、読売に派手に書き立てられて、うちの船頭のだれよりも桜子の名は江戸じゅうに知れ渡ったな」

「へえ、それでも船宿さがみの船頭じゃありませんぜ」

と広吉は抗った。

「父つぁんよ、うちの客でときに、釣りに行くから猪牙だけを貸してくれないか、と言う御仁もおられるよな。釣り仲間で釣りを楽しみたいと言われて、船頭をつけてくだせえと断れるかえ」

「長年馴染みの旦那にそれはできませんよね」

「だろう」

「親方、桜子はお世話になった馴染みの客人じゃねえ」

「船頭頭のおめえさんの娘だ。猪牙舟を長いこと遊び場にしてきたんだ、桜子の腕前はとくと承知だな」

「へえ、まあ」

「親父として十分に意を尽くして猪牙のことを教えたろう。半日、櫓を握らせてやろうじゃないか。大川や江戸の内海には出ないのだな、桜子」

「はい。のんびりと神田川を遡ってどんどんで江戸川に入り、関口村《せきぐちむら》辺りの長閑《のどか》な正月景色を知り合いに見せたく思います」

「神田川から江戸川な、正月気分の古い江戸が見られようぜ。そうは思わないか、広吉の父つぁん」

と親方に言われて、広吉は頷くほかはなかった。

「桜子、親父さんも同行されるのかな」

と声がして薬研堀の棒術道場大河内家の小龍太が船宿さがみの前に立っていた。

「おや、大河内家の若様が桜子のお客人でしたか」

と猪之助親方がにやりと笑った。

二

「若様な、薬研堀の貧乏旗本の部屋住みが柳橋の船宿さがみの客とあっては、正月早々商いは上向くまいな」

と小龍太がからからと笑った。

直参旗本家の跡継ぎではないが、敷地内に道場を構えていることを公儀も許してきた香取流棒術道場の後継者である。ただの部屋住みの次男坊ではない。そんな小龍太が、

「桜子、そなたが招いた客はそれがしだけではあるまいな」

というところに米沢町二丁目の寺子屋の娘お琴こと横山琴女が桜子も知らぬ男を伴い、

「桜子さん、猪牙にはもうひとり乗れるわね」

と声をかけてきた。

男は一見しただけでは武家方か町人か桜子には見分けがつかなかった。綿入れ羽織に筒袴、腰に脇差だけが差されていた。

この様子を見た猪之助親方が奉公人を呼んで、何事か告げた。

「むろん、お父つぁんが長年馴染んできた猪牙にはわたしを含めて四人や五人乗れないことはないわよ。古く見えるかもしれませんけど、船宿の親方が川向こうの船大工に頼んできちんと修理を終えたばかりよ。それに船頭は、このひょろっ

ぺ桜子。おふたりさん、安心して猪牙に乗ってくださいな」

と桜子が応じた。するとお琴が、

「こちら、私の従兄《いとこ》よ。偶《たま》さか文吉従兄《ぶんきちにい》さんがうちに正月の挨拶にきたの、それで神田川水上散策に誘ったのだけど、桜、迷惑ではないわね」

お琴が幼いころから呼び合う名に替えて質した。

「たしか内藤新宿《ないとうしんじゅく》で刀剣の研《と》ぎを為す相良《さがら》様って縁戚がいたわね。そのお方かな」

「あら、桜、よく覚えていたわね。そう、その従兄の相良文吉よ」

「お琴を小龍太さんに今さら紹介することもないわね」

桜子はお琴に眼差しで小龍太を指した。すると、小龍太が、

「おお、わが道場を縁側からしばしば覗き見にきたひょろっぺ桜とちびっぺお琴のふたりはよう承知じゃ」

とはいえ、お琴と小龍太、道場の外で会うのは初めてだ。

「はい、ちびっぺのお琴です。ひょろっぺ桜と柳橋でただ今売り出し中のふたりでございますよ、若様」

「その若様は止めろ、気恥ずかしくなるではないか」

と応じた小龍太が、

「なんとのう、内藤新宿の研兼《とぎかね》がちび娘の縁戚か、驚いたぞ」

と言い添えた。

「若様、と、呼んじゃダメなのよね。なんと呼べばいいの」

「小龍太でいい」

「香取流の棒術の跡継ぎを小龍太と呼び捨てにできないわよ。小龍太さんとさん付けでも親しげよね。そうだ、若先生と呼ぼう。それでいいわね、若先生。ところでうちの縁戚を承知なの」

「おお、先代が研ぎと刀の鑑定で名を揚げたお家ではないか。当代も研師にして鑑定家として江戸では知る人ぞ知るお方、相良兼左衛門泰道《けんざえもんやすみち》様じゃな」

と小龍太が改めて文吉を見た。

「えっ、従兄さんち、そんなに江戸で知られているの」

と従妹のお琴が驚きの顔で文吉を見た。

この従兄妹同士、体付きはよく似てふたりして背丈はない。だが、文吉は堂々とした風采《ふうさい》だった。

「相良文吉どの、そなたも研師にござるか」

「かようなご時世です。刀剣の研ぎだ、刀の鑑定だと申してもなんの役にも立ちませんな。ですが、祖父や父の仕事を見ていて、刀が好きになったのです。いえ、武術ではのうて、手入れとか鑑定するのが好きなのです」

と文吉が言い切り、小龍太の刀の拵《こしら》えをちらりと見た。

この日、小龍太は大刀の一本差し、桜子が初めて見る刀を差していた。

「さようでしたか、ちびっぺのお琴が縁で貧乏旗本にして棒術の道場の跡継ぎが内藤新宿の研兼と知り合いになりましたか、これはいい。よろしくお付き合いのほどを」

と小龍太が文吉に頭を下げた。

そんな四人を見ていた猪之助親方が、

「広吉の父つぁん、妙な四人がうちの猪牙で神田川見物だとよ」

と最前から黙り込んでいる広吉に声をかけた。

「桜子、薬研堀の若先生と内藤新宿の研兼の三代目に迷惑をかけるんじゃないぞ」

と広吉が娘に釘《くぎ》を刺した。

広吉も長年の船頭稼業で文吉の家業を承知している風だった。

「迷惑かけるって川に落とすということ、それはないわよ、お父つぁん。わたしの櫓さばきをお父つぁん、承知でしょ」

と桜子が父親に応じると、

「正月早々神田川で水浴びさせられては敵《かな》わんな。ともあれ、そろそろわれらを猪牙に乗せてくれぬか」

と小龍太が願った。

三人を乗せた猪牙舟にはいつしか胴の間に炬燵《こたつ》まであった。最前親方が船宿の男衆に耳打ちして用意させたのだろう。

「お気遣い、ありがとう」

と親方に礼を述べた桜子が竹籠を足元に置き、

「お父つぁん、行ってくるね」

と舫いを解く父親に言うと、竹棹の先で軽くちょんと船着場を突いて舳先を神田川の上流へと向けた。

風もなく穏やかな昼下がりだった。とはいえ松の内に変わりはない。炬燵に足を入れたお琴が、

「桜、暖かくて気持ちがいい」

「お琴、神田川から江戸川に入ると柳橋辺りより寒さが増すわよ。そうなると炬燵がもっと好きになるわ」

竹棹を櫓に代えた桜子が船宿さがみの船着場で見送る父親や親方たちに手を振った。

「ふーん、正月早々、桜子の漕ぐ猪牙に乗って妙な年が始まりそうだ」

と艫近くに腰を下ろした小龍太が独り言ちた。

「若先生はあまり舟に乗ったことがないのよね」

「そなたが棹差しを為す屋根船に乗るほどの分限者《ぶげんしゃ》ではなし、猪牙もだいぶ乗ってないな。爺様のお供で川向こうの深川の寺に墓参りに行く折りとか、幾たびか同乗したことはある。未だ自分で銭を払って乗ったことはないぞ」

「私もありませんな、内藤新宿で舟に乗るなんてことはまずありませんから」

と文吉が応じて、

「まして江戸の柳橋で猪牙に乗るなんて風流な遊びをしたことはありませんな」

と言い添えた。

桜子は文吉の言葉遣いや風貌を観察して、小龍太と同じ歳か、ひとつ二つ上くらいと踏んだ。

浅草橋を潜った猪牙舟は柳原土手《やなぎわらどて》に差し掛かり、青く晴れ渡った空には凧《たこ》がいくつも浮かんでいた。

「正月の神田川で舟遊びとは、琴女のところに年賀の挨拶にきて得をしたな。琴女、そなた、よい朋輩を持っておるな」

と文吉が従妹を褒《ほ》めた。

「あら、よい朋輩って、わたしのこと」

と櫓を漕ぎながら桜子が文吉の言葉に絡んだ。

「むろん、桜子さん、そなたのことだ。内藤新宿でな、三が日に読売で『屋根船の女棹差し、大立ち回り』との読み物を読んだが、まさか琴女の朋輩とは夢にも考えなかったぞ」

「あら、わたし、内藤新宿で売り出された読売にも載ったの。恥ずかしいな」

「今さら恥ずかしがることもあるまい」

と小龍太が応じると、

「あの折りは勢いでああなったの、それにわたしたちの縄張り内でしょ。つい張り切っちゃったのかな。女だてらに棹なんて振り回すんじゃなかったわね」

「読売にああも派手に書かれたんでは、桜、嫁の貰い手がないわね」

「ないない。致し方ないわ、ちびっぺお琴とひょろっぺ桜子のふたりでなんぞ商いでもしようか」

「商いってふたりして下手《へた》じゃない。だって桜が女だてらにできるのは棒術よ。一方私はただ読み書きだけ。となると代書屋かな」

「棒術に代書屋か、とても客が来そうにないな、琴女」

と娘ふたりの掛け合いを文吉がからかった。

「ふたりで商いな、いささか心もとないな。いや、待て、お琴の本名は、琴女と申すか」

と小龍太は文吉が呼ぶお琴の名について質した。

「そうなの、だけどちびの私が横山琴女っていかめしいでしょ。私たち、子供のころからお琴、桜と呼び合ってきたの。今日は文吉従兄さんがいるので、私の本名を若先生にも知られることになったわね」

小龍太の問いにお琴が答えた。

いつしか猪牙舟は筋違橋を抜け、昌平橋も過ぎていた。すると両岸の光景が変わった。右手には昌平坂が神田川を見下ろし、聖堂・昌平坂学問所が広がっていた。

「若先生、わたしの足元の竹籠をお琴に渡してくださいな」

「おお」

と受けた小龍太が竹籠を持ち上げて、

「桜子、まさか酒や肴《さかな》ではあるまいな」

「正月だというのに素面《しらふ》で猪牙舟遊行も寂しいでしょ。少しだけ酒とつまみを用意したわ」

「なかなかの気遣いかな。これで嫁の貰い手がないか」

と言いながらお琴に竹籠を渡した。

「驚いた。最前、嫁の貰い手がないと言ったのはこの私よ、取り消すわ。ご一統様、あの言葉忘れてくださいな。なにしろ、桜は、三つか四つの折りから家のことはみんな自分でやってきたんだから。そんじょそこらのおかみさんよりなんでもできるのよ」

と名誉挽回とばかり桜子を褒めた。

「読売に載っていたが母御が早く身罷られたとか」

「内藤新宿の読売にそんなことが書いてあったの。うーむ」

と文吉の言葉にお琴が唸った。その様子を見た桜子が、

「文吉さん、いささか事情が違っているわ。わたしとお父つぁん、おっ母さんに捨てられたのよ。私が三つの折りに男の人と出ていったの。だから、致し方なしにわたしが家事をすることになったの」

とあっけらかんとした口調で告げた。

「な、なに、さようなこととは知らず迂闊《うかつ》なことを口走ってしまったわ、相すまぬ」

「文吉さん、大昔の話よ。もう、わたしもお父つぁんもそれがさだめだったと諦めているの。それよりちびっぺお琴、お酒と肴を出して気分を変えて」

「合点だ」

お琴が炬燵の上に重箱を載せて蓋《ふた》を開けると、御節料理がきれいに詰められていた。

「あら、桜んち、御節料理を食べなかったの」

「私たち親子、三が日船宿さがみで寝起きして屋根船の棹方と船頭を務めていたでしょ。おかみさんが屋根船の仕事が終わったとき、親子ふたりで気兼ねなく食べなさいって船宿の御節を持たせてくれたの。でもね、わたしたち、すでにさがみでごちそうになったもの。で、この御節を見たとき、若先生やお琴ちゃんを誘ってての神田川の舟遊びを思いついたの」

と桜子が言った。

「そうか、われらは猪牙舟の接待だけではのうて、なんと船宿さがみの正月料理まで頂戴できるか」

「そうなの、若先生。わたしが用意したのはおにぎりだけよ。文吉さんとお琴ちゃんも、さあどうぞ」

「桜子、そなたも猪牙舟をどこぞに舫って、われらといっしょに食さぬか」

と小龍太が船頭の桜子に言った。

「神田川から江戸川に移るどんどん辺りに行けば長閑な景色が見られるわ。わたしは少し後で皆さんに加わるから」

「小龍太どの、ならばわれらもそれまで待ちませぬか」

と文吉が言い出した。

「えっ、いいのよ、わたしに遠慮しなくて」

と桜子が言った。

「いや、小龍太どのにいささか野暮な願いがあるのだ」

と文吉が言い出した。

「なんであろう」

「小龍太どの、そなたの口から貧乏旗本という言葉を聞いたがな、腰に差しておられた大小拵えと思しき大刀、とても貧乏旗本の持ち物とは思えんでな。私に拝見させて頂くわけには参りませぬかな」

と文吉が言い出した。

「ううーむ」

と小龍太が驚き、

「やはり武士の魂、容易く見せることはできませぬか。いや、ご無理を申した」

と困惑顔の文吉に、

「相良文吉どの、この大刀、それがしの持ち物ではござらぬ。爺様、香取流棒術大河内道場の当主、大河内立秋が持ち物でござってな、昨日、船宿さがみの舟遊びに招かれたと爺様に申したら、なにを考え違いしたか、『ならば刀を差していけ』と刀簞笥からこの大刀を出して貸してくれました。爺様は昔から刀剣集めが道楽でして、『それがしが身罷って弔い代に困った折りは、どれでも大小一組を売れ、それなりの値で売れよう』と威張っていますがね。さあてどうだか、身内はだれも爺様の言葉を信じていません。とは申せ、それがしのふだんの一剣は、黒塗がところどころ剝げておりましてな、爺様はそれを気にしたのでしょう。文吉どのが気になされたこの一剣の鞘塗《さやぬ》りは確かに華やかでございますな。かような大刀を爺様がだれから得たものか、それがし、曰くを存じませぬ」

小龍太は文吉に大刀を差し出した。

「江戸の塗師《ぬし》の仕事ではございませぬ。これは京拵えと見ました」

「ほう、京の拵えですか」

「江戸の拵えは遠目にも武骨が感じられます。ですが、祖父上の持ち物は京拵えと見てようございましょう」

相良文吉がしげしげと黒漆を重ねた塗りの上に桜の花びらが散らされた鞘を長いこと見ていた。

「私の父ならばこの鞘師を言い当てましょうな。それほどの鞘の拵えです。小龍太どの、刀をご覧になったことがございますかな」

「いえ、それがしがこの大刀を最後に祖父から見せられたのは十年以上も前かと思います。ゆえにはっきりとした覚えはありませぬ」

「祖父上は、本日なんぞ格別なことを申されませんでしたか」

「おや、文吉どのはあの場におられましたかな。確かに普段では聞いたことなき言葉とともにそれがしに渡しましたな」

「それはなんと」

「万万が一、武士が刀を抜かざるを得なくなった折りには迷いなく抜くように、刀とはさようなものだと」

「申されましたか」

「はい」

「ならばこの場は、さような場ではございません。京拵えの塗を十分に堪能させて頂きました」

と本日小龍太が手挟《たばさ》んできた一剣を返そうとした。そして、

「もし祖父上と話され、この刀に確かめたいことがあると申された折りは、うちにお持ちになりませぬか。私ではなく父の相良兼左衛門泰道が丁重に鑑定いたしましょう。むろん鑑定料など頂きません」

「驚いたな。天下の研師にして鑑定家の兼左衛門泰道様が無料で鑑定なさると」

「はい」

と答えた文吉が続けて、

「私の勘が大きく狂っていなければ、いや、なかなかの一剣と見ました」

「祖父に本日の問答を伝えますが、わが屋敷に鑑定の大家兼左衛門泰道様を感嘆させる刀があるとも思えませんがな」

と言いながら小龍太は祖父の一剣を受け取った。

三

「ほう、外堀にかような堰があったか」

「若先生、『どんどん橋』よ」

「なに、どんどん橋な、なんぞ意があるか」

と薬研堀の直参旗本の次男坊が聞いた。

神田川と江戸川が交わるところに、里人から「どんどん」とか「どんどん橋」と呼ばれる船河原橋《ふなかわらばし》が架かっていた。江戸川の水位を上げるため江戸城の外堀でもある神田川との間に低い堰が設けられ、どんどんと水が落ちる音が響いていた。

「若先生、よく見てくださいな。江戸川の水は神田川とも呼ばれる外堀とは違い、清らかでしょ。それはね、江戸川は将軍家の鯉《こい》を取る御留川《おとめがわ》で、町人や漁民の釣りが禁じられたからなの。だけど神田川のほうは釣りを許されているの。この界隈にはいつもは釣り人が多く集まって釣り糸を垂らしているわよ、江戸川から落ちてきた鯉を狙っているんですって。でも、正月のせいか殺生《せっしょう》する人の姿はないわね」

「桜子、今日は感心することばかりじゃぞ。そなたはそれがしより物知りじゃ」

「物知りはちびっぺお琴よ」

「いや、私も驚いているの。桜子は私なんかより暮らしに役立つことを承知よ」

とお琴も船頭の桜子に花を持たせた。

「わたしはお父つぁんのこの猪牙に幼いころから乗ってお客人の話を聞いて育っただけよ。こういうのを耳学問というのかな。このどんどんはわたしにとってなじみの場所なの」

父親の広吉の馴染み客の舟遊びで幼いころから幾たびも「どんどん」に来て、堰を越えて江戸川へと遡ったことがあった。

「このところ、雨が降ってないから『どんどん』じゃなくて『じゃぼじゃぼ』程度ね。若先生、文吉さん、岸辺に上がって舳先にある麻綱を引っ張って猪牙を江戸川へ引き上げてくださいな、櫓だけで漕ぎ上がるのは無理だから」

と船頭の桜子が願い、

「よし、われらに任せろ」

と小龍太が身軽に猪牙舟から江戸川の岸辺に飛んだ。文吉もそれに続き、舟に残っていたお琴が麻綱をふたりに投げた。「じゃぼじゃぼ」の流れをあっさりと乗り越えて、猪牙は江戸川に上がった。


四半刻後、四人を乗せた猪牙舟は関口村の大洗堰の下の岸辺に舫われていた。

この大洗堰で神田上水から江戸川が分流して江戸の住民の暮らしに恵みを与えていた。

「なんとも長閑ではないか。桜子、よいところに連れてきてくれた」

と小龍太が言い、

「小龍太どの、この岸辺からまっすぐ南に向かえば私の住む内藤新宿は一里足らずでしょうか」

「えっ、文吉従兄さん、内藤新宿ってこっちのほう」

とお琴が驚いた。

「そうそう、大洗堰を左手に向かえば甲州《こうしゅう》道中にぶつかって内藤新宿のどこかへ出ると聞いたことがある」

と桜子も左手を指した。

「私たち、遠くまで来たのね。ここも江戸のうちなの」

お琴の問いに、

「内藤新宿は桜子さんが言われた甲州街道の最初の宿場ゆえ、ぎりぎり江戸のうちというところかな。となると小日向村《こひなたむら》一円から関口村も江戸に加えていいのかな。とても江戸府内とは思えんが」

と文吉が首を傾げながら答えた。

小さな炬燵に四人が足を入れて、青空の下に広がる長閑な光景を見ながら、船宿さがみの正月料理で男たちは酒を酌み交わした。松の内というので、桜子とお琴のふたりの娘たちも盃に少しだけ注いで飲んだが、櫓を漕いできた桜子は、

「わたし、お酒より食い気よ」

とばかりお重の菜と握りめしをもりもりと食した。

「文吉従兄さん、内藤新宿まで一里足らずならば、半刻で歩けるわね。帰りは猪牙に乗らず、南に向かって歩く」

とロに含んだわずかな酒に酔ったか、お琴が冗談を言った。

桜子は従兄妹同士ふたり、よく気が合うことに気付いていた。

お琴が桜子の前に従兄とはいえ、男を連れてくるなんて考えもしなかった。いや、お琴が男嫌いというのではない。だが、なんとなくそう思わせてきたお琴だった。それが文吉とは実の兄と妹のように自然に振る舞っている。

「なに、琴女、そなた、私ひとりだけ乗り心地のいい猪牙舟から下ろす気か。江戸の町中の一里と関口村のような鄙《ひな》の一里は違うでな、私は今晩じゅうに家に帰りつけまい」

「どういうことよ、一里はどこでも一里じゃないの」

「違うな。この岸辺から南に向かうとまず田圃《たんぼ》や畑や寺領や大名家の下屋敷や抱《かかえ》屋敷が行く手を阻《はば》んでおるわ。遠回りさせられたうえに、見知らぬところに迷い込むぞ」

と従妹に説明した文吉が、

「桜子さん、私、今朝がた、米沢町の寺子屋に泊まるつもりで内藤新宿を出てきました。ゆえに帰路も猪牙舟に乗せてくだされ」

と乞うた。

「はいはい、お琴の戯言《ざれごと》を真《ま》に受けてさようなことをしたら、お琴からわたし、絶縁を告げられましょう。むろんご一緒に柳橋まで戻りますよ。川遊び、上りは大変ですが帰路は流れに猪牙を任せておけばいい、船頭にとって極楽です」

「よかったぞ、琴女、私もいっしょに柳橋まで戻れるわ」

「文吉従兄さん、私の言葉、本気にしたの」

「ああ、言われた当初、本気にしたな」

と応じた文吉が桜子に視線を戻して、

「桜子さんは舟を操ることがほんとに好きなんですね」

「だって桜の子供の折りからの願いは女船頭になることなのよ。だけどお父つぁんの広吉さんに船頭に女子はいないと反対されてきたの」

「年末年始は屋根船の棹差しだか棹方をえらく派手に務めたではありませんか。桜子さんは船頭の仕事をすでに立派にこなしておられる」

「文吉さん、屋根船の棹差しと猪牙舟の船頭は違います。屋根船は格別なお客さんがお乗りになります。例えばわたしが棹差しを務めた折りは魚河岸の旦那衆でしたね。年末年始、旦那衆の集いの賑やかしがわたしの務めでした。長年勤めている船宿の親方の命ですから、お父つぁんもわたしが棹差しをやることを認めざるをえなかっただけです。わたし、お父つぁんが長年、この猪牙舟に乗って柳橋から吉原通いの男衆を山谷堀の船宿に送ったり、向島や深川の檀那《だんな》寺《でら》に墓参りにいく一家を運んだり、時には大川の途中の川岸からお客さんを拾ったりしてきたような独り船頭が好きなのです」

舟に乗り慣れていないという文吉に説明した。

「文吉従兄さん、桜がこの猪牙に三つ四つから乗って江戸の川や堀をあちこち往来していたのは真《まこと》の話よ。桜は広吉お父つぁんとこの猪牙舟に育てられたともいえるわね。この舟がおっ母さん代わりを務めてくれたの。だから、この猪牙舟が大好きなのよ」

「おお、そうであったか」

と文吉が得心した。

そんな三人の問答を盃片手に聞いていた小龍太が、

「そうじゃのう。ちびっぺお琴とうちの道場に覗き見にきていた桜子は、船頭になるために棒術の修行に身を入れたのではないかと常々思うておる。違うか、桜子」

と質した。

かような問いかけはふたりだけの折りより、気の合った四人でいる今、話すのがよかろうと小龍太は思ったものか、そんな感じを桜子は覚えた。

「若先生、最初はそんなこと考えていなかったと思う。でも、何年も棒術の稽古をしているうちに、わたし、船頭になるために棒術の稽古をしているんじゃないかと思うようになったの」

「船頭になるのに棒術は役立たなかったか。それがしも桜子がなぜあれほど棒術を熱心に稽古するのか理解がつかなかったものよ。もはやあの折りから十年近く経っておる。うちの弟子に娘は桜子しかおらんが、男門弟の半数は、桜子の棒術の技量に敵うまい。それだけの業《わざ》を持ちながら、未だ満足はしておらぬようだ」

「若先生、わたし、棒術を生涯稽古したく思います。決してやめません」

「そうか。とは申せ、船頭になることを諦めたわけではなかろう。そなたが三つ四つから乗ってきた猪牙舟に座しておるのじゃぞ。正直な気持ちをこの猪牙と、気兼ねの要らぬ身内同然のわれらの前で話してみぬか」

「ううーん。まさかかような問答になるなんて考えもしなかったな」

と小首を傾げた桜子がしばし沈黙したあと、

「若先生、女船頭がいてはいけないかしら」

と反問した。

「なに、それがしに矛先《ほこさき》が戻ってきたか。たしかに船頭ばかりではなく、力仕事は男衆ばかり、女子はまずおらんな。船頭も女子衆《おなごし》がいなかったには、なんぞ不都合な曰くがあるのかな」

と自問した。

「小龍太どの、この界隈の在所では野良仕事を男衆と同じく女衆がやりますがな、江戸の町中では女衆は仕事をしてはならぬのか」

「呉服店のようなところも女客が相手でありながら、番頭以下すべて奉公人は男衆じゃな。妙といえば妙じゃ。文吉どの、研師や刀の鑑定家に女はいるかな」

「おお、わが働き場所も女衆はおらぬな」

「なぜかしら、刀は主に男子の腰にあるから」

「わが屋敷の隣、大身旗本五千何百石の中奥御小姓船越家の奥方や御女中衆は懐剣を胸元に差しておられるがな。わが母上が本物の懐剣をお持ちかどうか、見たことはないな」

「内藤新宿の武家方でも女衆の懐剣の研ぎを頼まれることは滅多にございませんな。このご時世、生涯に一度使うか使わぬかも分からぬ刀の研ぎに金子をかける余裕はありますまい」

「で、あろうな」

四人して御節料理に箸をのばし、貧乏徳利の酒の盃を舐めながら、いつまでも気兼ねのないおしゃべりが続いた。

不意に日が陰った。

雲がかかったかと思い、桜子が視線を空に向けて、

「あら、大変、日が西に傾いているわ」

「おお、ほんとじゃ。そろそろ戻ろうか」

と小龍太が応じて宴が終わった。

関口村の大洗堰から一気にどんどん橋こと船河原橋に下って、神田川に入ったとき、日が暮れてきた。

「桜子、提灯はあるまいな」

「若先生、艫の下に二つ、提灯と蠟燭《ろうそく》が用意されているはずよ」

船頭の広吉はすべてにおいて慎重な人だった。だから、長さおよそ鯨尺《くじらじゃく》三十尺、幅四尺六寸の小型の舟にあれこれと工夫して道具や照明具や火打石や附木《つけぎ》を収める場所を設けていた。

小龍太は物入れを開けた。その間にも舟は桜子の櫓さばきで神田川を下っていた。

「おお、あったぞ」

と小龍太が提灯を取り出した。

「文吉さん、舳先に何本も短い竹が転がっているでしょ。それを舳先とわたしの足元の孔《あな》が空いているところに突っ込んでくださいな」

「よしきた」

と狭い猪牙舟を這《は》って竹棹を取りに行った。

「この竹棹、桜子の棒術の稽古用かと思ったが提灯を吊るすものか。あれこれと工夫がされておるな」

「お父つぁんの猪牙は格別なの。だから、ほかの船頭さんには使わせないの。この猪牙の舟底から水が入るようになって修理しても、お父つぁんはほかの猪牙を使うのを嫌がったのよ。そんなことを船宿の親方は承知していたから屋根船の主船頭を命じたのだと思うわ」

「つまりこの猪牙を親父さんは持ち舟のように大切にしてこられたのだな」

「若先生、そういうこと。なにしろ、足元に幼い娘が乗っている猪牙舟なんてほかにないもの」

そんなやり取りの最中、お琴が蠟燭に火を点し、男衆ふたりが舳先に寝かされていた六尺ほどの竹棹を二本、舟の前後に立てて提灯を下げた。

「おお、なんとのう風情が出てきたな」

と小龍太は舳先に立つと、暮れなずむ江戸の家並みや小石川御門《こいしかわごもん》を眺めた。

「水道橋と上水樋《じょうすいひ》を潜って左手に昌平坂学問所が見えたら、柳橋に戻ってきたも同然ね。ご一統様、最後に慌ただしい舟行《しゅうこう》になったわね」

と桜子が言ったとき、小龍太が叫んだ。

「火事ではないか、炎が武家地から上がっておるぞ」

「なんですと」

炬燵に戻っていた文吉が立ち上がり、

「おお、たしかに火事じゃぞ。風向きはどうかな」

「北風じゃな、御城に火が入ると厄介じゃぞ」

と小龍太が言い、

「桜子、上水樋を潜ったあたりで右岸に猪牙を着けてくれぬか」

と願い、

「火事じゃぞ、火事でござるぞ」

と小龍太が神田川両岸の屋敷に注意した。そんな小龍太の警告に気付いた人の気配も感じられた。

「なんだ、土手道を人が駆け下ってくるではないか。何者か」

櫓を使いながら桜子は土手を見た。

「武家方ですよ、火事場から逃げてきたのかしら」

と桜子がだれとはなしに言ったとき、

「おお、その舟、われらを乗せてくれ」

と駆けてきた三人のひとりが叫んだ。

桜子は櫓から棹に代えて、相手を見た。

提灯の灯りに三人の風体が浮かんだ。ひとりは旗本の子弟と思しき羽織袴姿だが、残りのふたりは、怪しげな浪人者だった。

桜子は猪牙舟を岸辺に着けず相手を確かめた。

小龍太も同じことを考えたらしく、足元に残っていた竹棹を手に摑んだ。

「われら、作事《さくじ》奉行《ぶぎょう》中山《なかやま》飛騨守《ひだのかみ》の身内である。いささか火急に舟が要る。そなたらの舟、借り受けた。一両も出せばよかろう」

と後ろに控えた浪人者に顎を振り、

「この者たちに小判を与えよ」

と命じた。

土手上の炎は風に煽《あお》られたか大きくなっていた。

「土手上の屋敷が燃えているが、そなたら、関わりがあるのではないか」

と小龍太が質した。

「知らぬな、われら、公儀の御用で急ぎ役所に戻らねばならぬ身だ。早く舟を岸辺に着けよ」

と羽織袴の武家が声高に命じたとき、半鐘が神田川の両岸から鳴り出した。

「森沼《もりぬま》、舟に飛んでこやつらを流れに叩きこめ」

と武家が叫んだ。

そのとき、土手上に人影が立ち、

「民之助《たみのすけ》、待ちなされ」

と呼ぶ女の声がした。

口調から母親のような感じだと四人は思った。

「森沼、急がぬか」

と武家が喚いてひとりの浪人者が土手から猪牙舟へと飛んだ。すると桜子が棹を使い、猪牙舟を岸辺から少し離すと同時に、小龍太が猪牙舟に飛び移ろうとした浪人者の森沼某を手にしていた竹棹で突いた。香取流棒術道場の跡継ぎのなせる業だ。

「嗚呼《ああ》ー」

と悲鳴を上げた浪人者が神田川の流れに落ちた。

「畜生、伊丹《いたみ》、舟を乗っ取るぞ」

と武家が叫んで、ふたりが同時に猪牙に飛んできた。

小龍太が羽織袴の、民之助と呼ばれた人物を猪牙舟に飛び込ませておいて、ふたたび竹棹を使い、胸を強《した》かに突いた。その者の襟元から袱紗《ふくさ》に包まれた短刀らしきものが零《こぼ》れて、思わず文吉が摑んでいた。

一方、桜子はもうひとりの伊丹と呼ばれた浪人者を長棹で叩いて流れに落とそうとした。だが、伊丹は桜子の手加減した竹棹の攻めに堪えて猪牙舟の舟べりにかろうじて摑まっていた。

その伊丹の頭をお琴が空の貧乏徳利でごつんと殴り、小龍太が襟首を摑んで舟の中へと引っ張り上げた。

土手上の火事には定火消《じょうびけし》や町火消たちが参集して、火事の出た屋敷を破壊して延焼を防ぐ消火活動に入っていた。

四

こんどは神田川に浮かぶ猪牙舟に向かって町奉行所同心と思しき者や御用聞きらしい数人が土手を走り下ってきた。

桜子たちは、森沼と呼ばれた浪人を猪牙舟になんとか引き上げようとしていた。

「何者か」

と同心が叫んで小者《こもの》が御用提灯を岸から突き出した。

「おや、ひょろっぺ桜子ではないか」

「あら、吉川町の鉄造《てつぞう》親分」

と互いが呼び合った。

両国西広小路に面し、下柳原同朋町との間に疎水を挟んで向き合うのが吉川町だ。その一角に代々北町《きたまち》奉行所から手札を貰って御用を務める御用聞き、「吉川町の鉄造親分」の住まいがあった。

吉川町の親分は両国西広小路を取り囲む町の老舗の呉服屋や筆頭両替商などと長年関わりがあり、当代の穏やかな人柄もあって柳橋界隈では敬われていた。それに探索の腕前もなかなかと評判だった。

母親のいない桜子は物心ついて以来、鉄造親分に可愛がられてきた。ふたりはそんな間柄だ。

小者の御用提灯が猪牙舟の舟べりに縋りつく浪人者の姿を浮かび上がらせた。

「ひょろっぺ、こやつら、知り合いか」

「親分さん、わたしたち、江戸川に舟遊びに行って船宿さがみに戻る途中、この三人に呼び止められて猪牙を奪われそうになったんですよ。知り合いなんかじゃありませんよ」

桜子の返答に、

「鉄造、猪牙の胴の間に転がってやがるのは火事場の屋敷の倅じゃねえか」

と北町奉行所定町廻《じょうまちまわ》り同心堀米与次郎《ほりごめよじろう》が言い出した。

「はい、土手を駆け下ってきたとき、御作事奉行の中山飛驒守の身内であるとたしかに名乗られました。でもわたしはこんな人、知りませんよ」

と桜子が言うとちびっぺお琴が、

「土手上から母親らしき女の人が、『民之助』と大きな声で呼びかけなかった」

と桜子の説明に言い添えた。

「おお、ちびっぺお琴もいっしょか。まさか女ふたりでこの三人を叩きのめしたんじゃねえよな」

と鉄造親分が好奇の眼差しで昵懇《じっこん》のふたりの娘を見た。

「吉川町の親分さん、うちの猪牙舟には薬研堀の棒術道場の若先生大河内小龍太様が乗っているのよ。それにお琴の従兄、内藤新宿の研兼、研ぎと刀の鑑定で名が知られた相良文吉様もおられるわ。御作事奉行の息子や得体の知れない浪人者なんて到底太刀打ちできないわよ。そこに転がっている浪人者の頭を空の貧乏徳利でごつんと殴ったのはお琴ちゃん」

「おお、薬研堀の若先生に、勇ましい娘ふたりが乗っていたか。そりゃ、御作事奉行の倅なんぞは形無しだな」

と鉄造親分が感心した。

「親分どの、それがしは桜子の助勢をしただけだぞ」

「おお、さくら長屋の桜子は大河内道場の女門弟だもんな。なにしろ、若先生の女弟子はよ、大晦日から元日にかけて派手な武勇を演じて読売に書かれたものな。うーん、この三人、なにをしたか知らんが、えらい猪牙を乗っ取ろうとしたもんだぜ」

と鉄造親分が呆れた口調で言い放った。

「鉄造、すると火事場で葵紋造《あおいもんづくり》とか腰刀《こしがたな》がどうしたとか喚いていたというご新造はこの者の母親か」

「堀米の旦那、御作事奉行の屋敷には神君家康《しんくんいえやす》様から拝領した短刀があると聞かされていませんかえ」

「おお、中山家に葵紋造の脇差だか、公方様から拝領の刀だかが所蔵されておると聞いたことがある。まさかそなたの手にあるのがその葵紋造ではあるまいな」

と文吉を見た。

「さようなことは存ぜぬが、この者の襟元から胴の間に転がったのをつい拾ったのだ。そちらにお預けしましょうか」

との文吉の言葉に堀米同心が土手の上で燃えさかる屋敷を振り返った。

「厄介じゃな。それが葵紋造ならば町奉行所でも扱いに困ろうぞ」

「とは申せ、中山家は火事の最中ですぜ。この者たち、短刀を持ち出すために火付けをしたなんてことはありませんよね」

と堀米同心の言葉に鉄造親分が応じた。

「火事場に呼ばれたばかりで経緯《いきさつ》が分からんでな、どう始末したものか」

堀米同心が首を捻った。

「親分さん、引き上げたばかりの浪人に事情を訊《き》いたらどうかしら」

三人の不逞《ふてい》の輩《やから》のうち、この者だけが意識があった。

「それはいいな。われら、まずその猪牙に同乗できぬか」

と堀米同心が桜子の顔を見た。

「この猪牙舟にわたしたちが四人に、この三人が加わり、北町奉行所同心の旦那と親分方が三人、都合十人か。この三人、土手に放り出そうか」

と桜子が猪牙舟の乗り手を勘定しながら言った。

「事情が定かでないでそれはなるまい。とはいえ直参旗本の中山家の子息を北町奉行所に運び込んだとあっては一段と大騒ぎになろうな、公儀の目付方から必ずや文句がつこう。われら町方は、不浄役人とさげすまれる身分ゆえな。この者たちの処遇、葵紋造の拝領刀と同様に厄介極まりないことになるぞ。やり方次第ではお奉行の首が飛びかねん。ともかく舟にわれらを乗せてくれ」

と堀米同心が願い、桜子が舟を岸に着けると助言した。

「ひとりずつそろりと乗ってくださいな」

十人が同乗した猪牙舟の喫水線が舟べりぎりぎりまで来た。

「桜子、大丈夫か」

と小龍太が案じた。

「神田川を下って柳橋の船宿さがみの船着場まではなんとか戻れましょう」

そのやり取りを聞いた堀米同心がただひとり意識のある森沼某に這いより、

「ここに転がっておるのは御作事奉行中山様の子息か」

と糺した。

「ああ、嫡子《ちゃくし》と聞いておる。それがし、伊丹なる者に昨日、木賃宿《きちんやど》にて日銭を払うので仕事を手伝え、と誘われたばかり。まさか、旗本屋敷に忍び込んで短刀を盗み出すなどとは思わなかった。しかも家来に見つかった民之助どのが、『火をつけよ、行灯《あんどん》にけつまずいたことにせよ』と命じると、何者かが行灯を蹴り倒したのだ。この光景はそれがし直に見ておらんが、そのあとすぐに火の手が上がったのだ。

仕事を手伝えと言われたときにはここまで胡乱《うろん》な話とは思わなかったのだ。民之助どのの屋敷に短刀を取りに戻ると聞いただけだ」

と言い訳した。

「ここに転がる民之助は確かに中山家の嫡子なのだな」

と堀米同心が森沼に念押しした。

「屋敷で母親がこの者に民之助と話しかけたゆえ嫡男《ちゃくなん》であろう。嫡子の民之助どのの放蕩《ほうとう》が過ぎて勘当同然であるとか、中山家の跡継ぎには民之助の従兄がなるとかどうとかいう話を、ふたりだけの折り、伊丹から聞かされた」

森沼某の話は真のことを知らされておらぬのか、曖昧《あいまい》だった。

「そのほう、このふたりとそれ以上の関わりはないな」

「ござらぬ。それがしを放免して頂けるか」

「いや、直ぐにはできぬ。われらに協力するならば、必ずやそのほうの悪いようにはせぬ。約定しよう」

「なにをすればよい」

「まず、そなたの姓名と出所を正直に告げよ」

「それがし、森沼五郎左衛門《ごろうざえもん》と申し、土佐《とさ》の出にござる。祖父の代までは伊予国《いよのくに》新谷藩《にいや》一万石の三人扶持十一石、下士《かし》を務めていたそうだが、父の代に奉公を解かれて浪々の身になり申した。ゆえに新谷藩の江戸藩邸で尋ねられてもわが一族など分限帳《ぶげんちょう》にも載っていまい」

と堀米同心の問いに答えた。その口調はこの場のだれにも正直なものに聞こえ

た。しばし沈思した北町奉行所定町廻り同心が、

「さあてどうしたものか」

と腕組みした。

「直参旗本御作事奉行の屋敷に火付け、それに加えて神君家康公拝領の葵紋造の短刀の盗みか、われらにとって厄介極まりないぞ」

と呟いた堀米与次郎に相良文吉が袱紗包みを差し出した。

「受け取ってよいかどうか、厄介のタネじゃな」

と堀米は当惑げに漏らして手を出そうとしない。

「とは申せ、この民之助なる者の屋敷からは炎が上がり、火消したちが大勢集まっているのですぞ。さような最中に、『この短刀はこちらの屋敷の秘蔵の品ですか』などと問い質しにはいけますまい」

と文吉が言い、

「相分かった。ひょろっぺ桜子、ともあれこの猪牙舟を柳橋の船宿さがみに着けてくれぬか」

と堀米同心が桜子に願った。

「お役人様、承知しましたよ」

と応じた桜子が櫓を漕ぎながら、

「まさか、こんな刻限になるなんて、お父つぁんも船宿の親方もわたしたちのことを案じているわね」

明るいうちに戻ってくるはずが真っ暗になってしまい、桜子はむしろそのことを心配した。

「桜子、仔細《しさい》はおれが猪之助親方とおめえのお父つぁんの広吉に説明するからよ、安心しな」

と鉄造親分が言った。

「お願いします、親分さん」

と応じた桜子の視線の先には船宿さがみの船着場に明々《あかあか》と灯りが点り、大勢の人影が揺れていた。火事の炎を見詰める住人や桜子たちの帰りが遅いことを気にかける船宿の連中だろう。

船着場に父親や猪之助親方の姿を桜子は認めた。

「お父つぁん、親方、ごめんなさい。遅くなって」

と桜子が叫び、

「なにがあった、桜子。猪牙舟が沈みかけているぞ。いいか、静かに船着場に寄せよ」

と猪之助親方が命じて、船着場にいた船頭衆が十人を乗せた舟の接岸を助けようと商売道具の棹を差し伸べた。

「おや、鉄造親分さんに北町同心の堀米様も沈みかけた猪牙舟の客かえ」

猪之助親方が迎えた。

「おお、わっしら、火事場から桜子が船頭の猪牙に乗せてもらってきたんだがよ。この舟には火付けをしたと思しき三人も同乗しているのよ。それでこんなに重くなっておるのだ」

「親分さん、桜子の舟は火事に関わっていたのか」

広吉が娘の身を案じた。

「お父つぁん、あとで詳しく説明するけど、吉川町の親分さんが言った厄介な三人組を乗せているだけよ」

と言った桜子が、

「お役人さん、どうします。この三人、北町奉行所に連れていきます」

と堀米同心に質した。

「そのことじゃがな、この民之助が真に中山家の嫡男ならば、北町奉行所に連れ込むと厄介が大騒ぎに変わりそうだ。すまぬが、船宿さがみに、火事に関わる三人をしばし留め置いてくれぬか。その間に奉行所に問い合わせる」

と堀米が願うと、

「へえ、堀米の旦那がさよう命じられるのならば、見張りをつけて蔵の中に閉じ込めておきますがね」

と猪之助親方が受け入れた。

「まずは北町におれの小者を走らせて事情《わけ》を告げさせよう」

と堀米同心が騒ぎの経緯を見聞していた堀米家の小者に、

「急ぎ奉行所に走り、この旨を告げよ」

と命じた。

「お役人さん、走っていくより、みんなを下ろしたらわたしがこの猪牙舟で小者さんを送ったほうが早いわ」

と桜子が申し出た。

そんな問答を聞いていた大河内小龍太が、

「同心どの、まずこの民之助ら三人の処遇だが、船宿に留め置くのも迷惑にならぬか。この猪牙舟に三人を残して見張りを付けておいたほうが後々説明もつこう、火事場からこちらに避難させたとかなんとかな。これ以上、騒ぎが大きくならない工夫をしたほうがよかろう」

と言い出した。

「おお、猪牙舟に残すとな。それはいい考えでござるぞ、大河内の若先生」

と堀米同心が賛意を示した。

「となると、小者を別の舟で北町奉行所まで送ってくれぬか。われらもこの猪牙舟に残ったほうがよかろうでな。だれか船頭を務めてくれる者はいないか」

「堀米の旦那、うちは船宿ですぜ。猪牙舟も船頭もいくらもいまさあ。よし、政《まさ》三《ぞう》、おめえ、北町まで小者さんを急ぎ送っていけ」

と猪之助親方が差配し、

「合点だ、親方」

と若い船頭の政三が手早く仕度をした。

堀米同心の小者を乗せた別の猪牙舟が柳橋から大川へ出て北町奉行所に向かい、
小龍太が、

「堀米どの、それがし一人《いちにん》がそなたや親分と見張りに残ればよかろう、舟遊びの桜子たち三人は十分に務めを果たしたでな、船宿に上げて休ませてやれぬか」

と願った。

「おお、それがよかろう」

と堀米が許しを与えて、猪牙舟から桜子とお琴、それに相良文吉の三人は船宿に上がることになった。

「堀米同心どのと申されたか。これはそなたに渡しておこう」

と文吉が袱紗に包まれた短刀らしきものを堀米に渡した。

「厄介のタネは町方役人のそれがしが受け取ることになったか」

と言いながら受け取り、

「後々だが、そなたに短刀の鑑定を願うことになるやもしれぬ。すまぬがしばし船宿にて待ってもらえぬか」

「おお、行きがかりである、承知仕《つかまつ》った」

三人のそんなやり取りを聞きながら桜子が、

「若先生、わたしたちだけ船宿に上がって申し訳ございません」

「文吉どのも騒ぎに巻き込まれたのは行きがかりと申された。この三人の見張りはわれらに任せよ」

と小龍太が請け合った。

そんなわけで桜子たちが猪牙から竹籠などを持って船宿さがみに上がると、女将の小春が、

「新たな騒ぎに巻き込まれにいったようなものね。どう、三人してうちの湯に入って体を温めたら」

と言い出した。

「わあっ、お風呂なんて言葉を聞いたら急に体が寒くなったわ。おかみさん、ほんとにお湯に浸かっていい」

と桜子は櫓を離した途端、寒さを感じていたから喜びの声を上げた。

「うちは柳橋一の船宿よ。湯船は男用と女用とふたつあるからその足で風呂場に行くといい。桜子が案内《あない》なさい」

と命じられて、桜子がお琴と文吉のふたりを自分の長屋以上に馴染み深いさがみの風呂場に案内していった。

女風呂に浸かった桜子とお琴はしばし無言で湯に浸かっていたが、

「極楽ごくらく」

「桜、なんとも長い一日ね」

と言い合った。

「まさか舟遊びの帰りに火事騒ぎに見舞われるなんて考えもしなかったわ。この騒ぎの結末はどうなるの、わたしには見当もつかないけど」

と桜子が漏らし、

「ええ、江戸川の長閑な光景のなかで御節料理を食べたのが遠い昔のようね」

とお琴が応じた。

松の内の五日の出来事だった。

第五章　葵紋造短刀

一

江戸川の関口村大洗堰まで舟遊びに行った桜子と大河内小龍太、横山琴女と相良文吉の四人は、その夜、北町奉行所の要請で船宿さがみに泊まることになった。

むろんさがみの客が利用する表座敷でなく、親方一家の住まいに近い別棟の二階座敷だ。ここは船宿の広い台所に近い場所だった。

帰宅ができなくなった米沢町二丁目の横山家と薬研堀の棒術道場大河内家には、奉行所を通じてその旨が知らされた。

一方猪牙舟に乗せられていた御作事奉行中山家の嫡子とふたりの浪人者は北町奉行所の差配で密《ひそ》かにどこぞに移されたため、見張り役として猪牙舟に残っていた小龍太は船宿に入り、まずは冷えた体を温めるために湯に浸かった。そして先に湯から出ていた三人とともに夕餉を馳走《ちそう》になることになった。

船宿には桜子の父親にして船宿さがみの老練な船頭広吉も泊まることになったが、四人といっしょではなかった。

四人が夕餉を食する二階座敷の一室に顔を揃えたとき、女将の小春が、

「なんだか、大変な舟遊びになったわね」

と話しかけた。そして、

「少しお酒をつけようか」

と言い添えたが、文吉と小龍太が顔を見合わせ、

「おかみさん、私どもが巻き込まれたこの騒ぎ、まだ収まってはおりますまい。酒は控えたほうがよろしいかと思う」

「文吉どのが申されるとおり、夕餉だけ馳走になろう」

とふたりが願った。

ためにさがみでは四人の若者たちに焼き魚と煮野菜、それに粕汁《かすじる》という夕餉を供してくれた。なにしろ柳橋両岸に集う船宿のなかでも老舗にして大店のさがみだ。客も多いが働き手もたくさんいた。若い衆四人が不意に泊まったところで、

なんの差しさわりもなかった。まして、桜子は船宿さがみのことを幼いころから承知していた。下手な奉公人より船宿の内情や習わしをとくと飲み込んでいた。

「おかみさん、お世話になります。手伝うことがあったら、なんでも命じてください」

と桜子が言い、四人はなんとも長い一日を締めくくる夕餉を食し始めた。

「私、寺子屋の横山家でこんな味付けの夕餉なんて食べたことないわ。船宿さがみとえらい違いだわ。未だ行ったことはないけど、伊香保《いかほ》の湯とか熱海《あたみ》の湯に湯治《とうじ》に行っているようね」

とお琴が言い出した。

「琴女、内藤新宿の刀研ぎの家でも右に同じ、騒ぎが絡まなければ何日でも世話になってもよいな」

と文吉が応じた。

「文吉どの、われら三人はもはやお役ご免であろう。されど文吉どのは、もうひと仕事ありそうな」

と最後まで猪牙舟に残っていた小龍太が粕汁のお椀を手に言った。

「ございますかな」

「そなたは、研師にして刀の鑑定の大家の嫡子ではないか。中山民之助が所持していたのが例の短刀であれば鑑定を頼まれましょうな」

「やはり、そちらの話か」

「われらが中山家の火事騒ぎに関わるとしたら、持ち出された短刀が神君家康様から拝領した葵紋造の逸品かどうかにござろう」

小龍太の言葉に三人が頷いた。

「本物ならば大変な値がつくの」

と桜子が男衆ふたりに聞いた。

「本物ならば値などつけられぬ。中山家の出来損ないの嫡男が屋敷から持ち出し、そのことをわれらも町方の役人も承知なのだ。当代の御作事奉行どのは切腹、中山家は御家断絶が公儀から申し渡されても不思議ではあるまい」

と鑑定家の文吉が言い切った。

「大変だわ」

とお琴が漏らした。

「琴女、大変などという言葉では済むまい。なにしろ旗本屋敷が門を並べる武家地で火事騒ぎまで起こしておる」

と言い添えた文吉がふいに思い出して、

「おお、火事騒ぎはどうなったかのう。鎮火したのであろうか」

「火事は中山家をほぼ全焼し、隣屋敷にも燃え移ったそうだが、なんとか消し止められたと聞いた。われらが猪牙舟のうえから炎を見つけて騒いだせいで、大火事にならなかったのだ。こたびの騒ぎ、われらの功績大だぞ」

と最初に火事に気付いた小龍太が答えた。

「ともかくだ、われらはこの騒ぎに目途がつくまで、それぞれの家や道場に戻れぬのではないか」

「ああ、戻れまいな。ともかく公儀がなにか決めるまで船宿さがみに逗留《とうりゅう》することになろう。夢のような暮らしだが、外にも出られんでは退屈極まりないがな」

と男たちふたりが言い合った。

「ならばわたし、明日から船宿の手伝いをするわ。だってなんにもしないで上げ膳据え膳なんて嫌よ」

と桜子が言った。

思いもかけぬ四人での夕餉も終わり、長い一日がようやく終わるかに見えた五つ半(午後九時)時分に、研師にして刀の鑑定家相良文吉に呼び出しがかかった。

文吉を呼びにきたのは船宿の猪之助親方自らだ。

「親方、文吉さんへの御用、刀の鑑定なの」

と桜子が質した。

親方は無言で頷き、

「船宿の表座敷は公儀のお偉いさん、若年寄やら御《ご》奏者番《そうじゃばん》やら目付方やら殿様でいっぱいだぞ。まるで公儀がそっくりうちに引っ越してきたようだ」

と潜み声で言った。

相良文吉が、

「事を済ませよう」

と言い残し、親方といっしょに船宿さがみの表店《おもてだな》へと出ていった。

「われら、為すこともないな」

と小龍太が漏らし、

「文吉さんの刀の鑑定、長くかかるの」

と桜子が尋ねた。

「研師、鑑定家相良家の名は城中でも知られておろう。だが、こたびの相良文吉どのの鑑定は公のものではなく、文吉どの一人《いちにん》の意見として聞きおき、中山家の浮沈を公儀に奏上する際の参考とするのではないか。かように内々の鑑定ならばそう長くはかかるまいと思うがな」

と小龍太が推量を述べた。

だが、深夜九つ（午前零時）になっても文吉は桜子や小龍太やお琴のいる裏座敷には戻ってこなかった。

女ふたりは六畳間に、小龍太はその控え部屋に床をとり、襖《ふすま》ごしに時折り問答をなして文吉の帰りを待っていた。

九つ半（午前一時）時分か、疲れ切った相良文吉が戻ってきた。

「文吉どの、ご苦労であったな。鑑定は面倒であったか」

と小龍太が潜み声で文吉に問うた。

「うーむ、鑑定はさほど難しいものではなかったな」

と文吉も小声で答えた。

すると襖が少しだけ開き、桜子とお琴の女ふたりも顔を覗かせた。

「文吉従兄さん、どうしてこんなに刻《とき》がかかったの」

「うむ、そなたらに事情を告げてはならぬとお偉いさん何人からも命じられた」

「えっ、刀の鑑定でなにがあったの」

「琴女、もはやお偉方は城中に戻られたわ。ゆえに親しき朋輩に私の独り言を聞いてもらう。いいか、決して私が話して聞かせたのではのうてこれは独り言であるぞ。いやや、疲れ切って眠り込み、寝言を三人は聞いたのだ。よろしいな」

と文吉が念押しした。

「おお、畏《かしこ》まった」

と小龍太が返答し、問うた。

「神君家康様が中山家に下賜《かし》された葵紋造の短刀は古《いにしえ》の名刀工が鍛造されたものであったろう。さような鑑定ゆえ容易だったというわけだな。それがし、葵の紋がある短刀など聞いたことも見たこともないわ。相良文吉どの、さような逸品をこれまで鑑定したことがおありかな」

「ない、ござらぬ。わが父とて、あるまいな」

と文吉が言い、

「文吉従兄さん、初めての逸品鑑定なのに容易だったの」

「最前も小龍太どのに鑑定は難しくはなかったと申し上げたな。ただし、かような経験は初めてであった。なにしろ私の周りには若年寄とか御奏者番とか重臣がたがおられる、ご一統は譜代大名、お殿様ばかりだぞ。それが私の一挙一動を注視しておられる。船宿さがみとて初めてであろう。譜代大名の殿様がたがあれほどの人数集い、私の鑑定の結果に緊張した顔を見せておる、船宿の親方がたもどうしていいやら分からぬ様子であったわ。私以上に船宿さがみの皆の衆は疲れ切っておられよう」

「相良文吉どの、えらい場で鑑定をなしたものよ。鑑定家相良文吉どのにとって貴重な経験になったのではござらぬか。いやはや、本日の出来事は、そなたにとって大いなる財産となろう」

と小龍太が言い、文吉が、

「大河内どの、やはり公儀にとっては初代徳川家康公が下賜された刀の真贋《しんがん》とは大変な事であろうな」

と反問した。素人に対してなんとも妙な質問だった。

「それはもう申されるとおりであろう。中山家がどうなるこうなるよりも神君家康様の葵紋造の短刀が屋敷の外に持ち出されたことのほうが公儀にとってあってはならぬことではあるまいか」

「あのとき私の目の前に、猪牙舟の胴の間に短刀らしきものが転がり落ちて、つい摑んでしまった。たいへんな事になるなど考えもせずにな」

「いかにも鑑定家相良文吉どのの眼前に葵紋造の短刀があって、そなたが偶々《たまたま》それを手にするなど後にも先にもないことであろうな。城中のお偉方が緊張されるのも無理はなかろうな。で、葵紋造の短刀、一目見ただけで見事なものとお分かりになったか」

と小龍太が質した。

「分かり申した」

と答えた文吉がしばし沈黙した。

小龍太が文吉の無言を迷いと察して、

「われら、そなたの寝言は聞いた、いや聞くことになった。だがな、寝言など言ったほうも聞いたほうも朝になれば忘れておるわ。文吉どの、案じられるな」

「そうではないのだ、小龍太どの」

「そうではないとはどういうことか」

「小龍太どの、中山家の家宝の葵紋造の短刀な、見事な偽物《にせもの》であった」

文吉の言葉にこんどは三人がぽかんとして言葉を失った。

「はあっ、どういうことか」

「どういうこともなにも、そういうことだ」

「文吉どの、われら、さっぱりそなたの言うことが理解つかぬ。素人のわれらが分かるように説明してくれぬか」

と小龍太の言葉に女ふたりも頷いた。

「分かった」

としばし沈思した文吉が、

「御作事奉行中山家の家宝、徳川家康様から下賜されたと伝えられる短刀は、貞《じょう》治《じ》二年（一三六三）に鍛造されたと称される刃長一尺一寸五分一厘《りん》（三十八センチ）、反《そ》り一分三厘（〇・四センチ）、無銘ながら相州伝《そうしゅうでん》の品格高く、長谷部《はせべ》國信《くにのぶ》鍛造の白眉《はくび》の一振《ひとふり》と称される逸品だそうな。この短刀、なぜ『葵紋』が施されているか、もはやだれも、当代の御腰物《おこしもの》奉行さえも謂われは知らぬとか」

若年寄支配下の御腰物奉行とは、将軍の佩刀《はいとう》や大名に賜《たま》う刀を扱う掛《かかり》だった。

「その葵紋造の短刀の仔細は分かった。しかし家康公が偽物の『相州伝葵紋造』を中山家の先祖に賜るはずがない」

と首を捻りながら小龍太が呟いた。

「いや、御腰物奉行の代々の記録には、ちゃんとした相州伝の短刀と記されておるそうだ」

「となると中山家の先祖か当代が金子に困って本物の『相州伝葵紋造』を密かに叩き売り、それに似せた短刀を誂《あつら》えて所持していたということか」

「まあそんなところかのう。船宿さがみに集まられたご一統も侃々諤々《かんかんがくがく》言い合った末に、小龍太どのと同じようなことを申しておられたわ。将軍家にとって、幕府開闢《かいびゃく》より何百年も古い時代、貞治二年に鍛造された短刀に『葵紋』があるのは極めて貴重なことゆえ、御腰物奉行らは幾たびか中山家にこの逸品の返還を願ったそうだ。ところが中山家では、『神君家康公が下賜された家宝を今さら返還せよとは理不尽也《なり》』と強く拒んできたそうな」

「中山家が偽物を造ったのはいつのことであろうな」

「中山家の嫡男民之助を厳しく吟味したが、この放蕩息子は未だ中山家のものが本物の『葵紋造』の短刀と信じているようだ。公儀では、父親の中山飛驒守を尋問しようとしているが、火事騒ぎで行方《ゆくえ》知れず、家臣の一部には『殿は焼死なされた』と申すものもいて、なんとも真相がつかめぬそうな」

「文吉どの、念押しするが民之助が屋敷から持ち出した短刀は、相州伝の傑作ではないのだな」

「全く酷《ひど》い刀で、銘には南北朝期の山城国《やましろのくに》の刀鍛冶、長谷部國信を意味する國信が刻まれておるがな、切れ味鋭い長谷部國信鍛造の刀ではないことは、少しでも刀を承知の者ならば一見して分かる、駄作ともいえぬ短刀であった。金梨子地塗《きんなしじぬり》の柄《つか》と鞘に確かに葵紋はあったが、下品《げぼん》極まる造りと見た」

と言い切った相良文吉が、

「本物はおそらく見事な『相州伝葵紋造』であったろうな」

と夢を見るような眼差しでつけ加えた。

「文吉従兄さん、中山家はどうなるの」

とお琴が尋ねた。

「私が答える立場にはないが、中山家の当代が焼死していることを願うな。生きていてみよ、公儀にて厳しい調べのあと、代々のお役目の御作事奉行を解かれ、中山家は御家断絶、身は切腹間違いなしと、お偉方の考えは一致していたわ」

「なんとまあ」

と桜子が言い、

「わたしたち、この出来事でなにか役立つことをしたのかしら」

「偶さかわれらは江戸川の川遊びの帰りに中山家の火事の近くを通りかかり、騒ぎに巻き込まれた。役立つことをしたとしたら、大火事を防いだことと、文吉どのが中山家の家宝が真っ赤な偽物と公儀に知らしめたことかのう」

「文吉従兄さん、私たち、これ以上悪いことに見舞われるってことはないわよね」

「公儀のお偉方は、私どもが偶さか騒ぎに巻き込まれたと承知なさっておられるので、この騒ぎを読売屋なんぞに話さないかぎり、新たな難儀に巻き込まれることはあるまい」

と文吉が答えた。

しばし四人の間を沈黙が支配した。

「明日からお互いふだんどおりの暮らしに戻ろうか。なかなか経験できない出来事であったがすべて忘れよう」

と小龍太が言い、長い一日が終わり、四人は眠りに就《つ》いた。

二

翌朝の昼下がり、北町奉行所から船宿さがみの四人に対する公儀の扱いが伝えられた。

「こたびの騒ぎ、すべて忘却されたし。この命《めい》をとくと承知したうえで各自の住まいに帰るは勝手次第」

というものだった。また吉川町の鉄造親分も姿を見せて四人に重ねて公儀の命を繰り返した。

「親分、こたびの一件、公儀にとっても中山家にとっても大変な出来事でしょうな」

「そういうことです、大河内の若先生」

と言った鉄造親分は、

「これだけの騒ぎだ、読売なんぞに書かれでもしたらさらに厄介になること請け合いということで、町奉行所から読売の版元には厳しい口止めの命がなされたそうです」

「と言われてもこの騒ぎ、蓋できますかね」

と相良文吉が親分に問うと、

「ううーん」

と唸り、

「正直、この一件、公儀がどう始末をつけるか、わっしら御用聞き風情には推量もつきませんや。そんなわけでご一統も忘れてくだされ」

親分の言葉に小龍太が、

「相分かった」

と返事をしたものの、なんとなくすっきりしない顔をした。

「本来ならば、火事を見つけた上に中山家の馬鹿嫡男らを捕まえたおまえ様方には町奉行所に呼ばれてお奉行からお誉めの言葉と青緡五貫文《あおざしごかんもん》のご褒美《ほうび》があってしかるべきでしょうが、こたびはそれもなしだ」

青緡五貫文とは、およそ五千文の銭で、両目に直すと一両一分ほどになる。一文銭九十六枚の穴に青く染めた麻縄を通してひと括《くく》りに束ねたもの五十本分だ。青緡五貫文をお上から頂戴するのは金額よりもなによりも名誉だった。

「親分、お誉めの言葉や褒美などだれも考えていませんがね、どうもすっきりしませんな」

小龍太が代表して親分に告げた。

「うむ」

と返事をした鉄造親分が、

「御作事奉行の中山家は火事を起こした罪咎《つみとが》で御家断絶になることが決まったそ

うです。当代の中山飛騨守忠直《ただなお》様ですがね、火事騒ぎで焼死したそうな。またご家来衆ふたりが大火傷《やけど》をおったとか、いや、奥方や御女中衆が何人も死んだという話もある。未だ全容ははっきりとしていません。愚か者の嫡男の火付けで隣屋敷二軒にも炎が入っていますからね。ところが民之助、それがしは火付けなどやっておらぬ、父上がなされたことだと急に前言《ぜんげん》を翻《ひるがえ》しましてな」

「それは父の忠直様が焼死したと知って、死んだ父親に罪咎をおっかぶせようとした言でしょう」

「若先生、ところが民之助は未だ父親が焼死したことは知らされておりませんので」

「ほう、どういうことか」

「御家断絶は致し方ありますまいな。当代は、焼死したことで、切腹を命ぜられなかった。こいつは当人にとって救いでしょう。難題は倅の一件だ。火付けはしていないと言い出したうえに、手に携えていた家康公下賜の短刀『葵紋造』は偽物ときた。となるとどのような罪咎でしょうな。民之助がどのような言い逃れをしようと、すでに中山家は廃絶していますからねえ」

と中山家の父子の気持ちまで鉄造親分が代弁した。

四人はしばし沈黙した。

「親分さん、中山飛騨守様の御作事奉行ってどのようなお役目なのですか。嫡子に短刀を盗《と》られて、屋敷をだれかに火付けされてしまったのよね。父親当人を含めて何人も亡くなったのでしょ。主《あるじ》がしっかりとしていれば、かような所業を食い止められたのではありませんか」

とお琴が疑問を呈した。

「ちびっぺお琴さん、申されるとおりだな。まず御作事奉行職だが、老中の御支配下にある御用でな、主に土木を司《つかさど》り、多くの役人を束ねて城中の造営修繕のおよそを支配するそうな。この作事奉行の下《した》に下奉行、京都御大工頭《おだいくがしら》、御細工所《おさいくどころ》頭《がしら》などが属しておるなんてことを初めて知りました。わっしは当初『御作事奉行たあ、なんぼのもんだ』と思っていましたがね、ひと晩あれこれ聞かされて、こりゃ、金を儲けようと思えばいくらでも儲けられるお役目と思ったね。だってよ、おれたち町人だって生涯でいちばん金を使うのが家やお店《たな》を建てることだろうが、公儀ともなれば何十倍何百倍の金子が動くよな。そいつを差配しているとしたら、毎年蔵建てて千両箱が積まれてたって不思議はねえ」

と己の推量を親分が言い添えた。

「で、燃えた中山家の屋敷の蔵には燃えた千両箱があったの、吉川町の親分さん」

「桜子、それだ。いちばん肝心要《かなめ》のところはよ、町方の十手持ち風情には伝わってこないのよ。だがな、もし蔵に炎が入っても千両箱とか小判が少しは燃え残るもんじゃねえか。どうも堀米の旦那も聞かされていないようでよ、あの顔は屋敷の蔵に千両箱は積まれてなかった様子だな」

「御作事奉行の御用屋敷は別にござろうな」

と一応直参旗本の倅である小龍太が問うた。

大河内家の旗本としての家禄は決して潤沢とはいえない。拝領屋敷のなかに畑があって、香取流棒術の道場が設けられていて、こちらからの実入りが生計《たっき》を助けていた。

「御作事方の屋敷は道三堀《どうさんぼり》の北側にございましてな、豊前小倉《ぶぜんこくら》藩十五万石小笠原《おがさわら》様の上屋敷に接してあります。ついでに申し上げますと、御作事奉行職は二千石高とか」

「ふーん、そうか、金を儲けようと思えばいくらでも懐《ふところ》にできる御職かねえ」

と感嘆した小龍太が親分にさらに問うた。

「で、ご当人はどんな御仁だったのかね」

「歳は四十七歳、中山家には御先手鉄砲頭《おさきてつぽうがしら》の花房《はなぶさ》家から婿入《むこい》りしております」

「なに養子か」

「へえ、代々の御作事奉行中山家には娘御の亀代《かめよ》様おひとりで、花房家から忠太郎《ちゆうたろう》改め忠直が婿に入り、先代が早く亡くなり忠直様が当代の中山飛驒守として御作事奉行を継がれて、腕を揮《ふる》われたようです。たちまち江戸城御本丸御表《ごほんまるおんおもて》で御作事奉行の中山忠直様はやり手との評判が立ったそうな」

「なにやらわれらが昨日から知った御仁とはえらい違いだな、中山家の婿殿はさような能吏《のうり》であったか」

「同じ直参旗本でも大河内家とは違いがございますかな」

　と文吉が小龍太に問うた。

「うちは代々御同朋頭が役目でな、父がなにをやっているのか部屋住みのそれがしは、よう知らぬ。親分から聞かされた中山家とは比べようもないわ」

　と小龍太が卑下《ひげ》した。

「大河内の若先生、いまひとつ、驚いたことがございますぞ」

「なんだ」

「御作事奉行中山忠直様は、武術の腕前がなかなかのものとか」

「ほう、忠直様の実家の花房家は武門の御先手鉄砲頭であったな、鉄砲の達人か」

「さに非ず。古流関口《こせきぐち》流の剣術の遣い手とか。ただしその技量を実際に見た者はいないそうだ」

小龍太は古流関口流は、剣や槍のほか、居合《いあい》術も棒術も縄術も柔術も教授することを思い出して、

「能吏の上に古流関口流の剣の遣い手か、そのお方が嫡男をきちんと育てきれなかったか」

と呟いた。

「奥方の亀代様が嫡男の民之助を猫可愛がりしたせいで、甘ったれに育ったそうな。若いうちから飲む打つ買うの費えは、中山家の娘御亀代様の懐から出ていたそうです。婿養子の忠直様は、外ではやり手でも内では婿養子の立場に甘んじていたのかもしれませんな」

吉川町の鉄造親分が推量を述べた。

「ともあれ、能吏にして武術の遣い手の中山飛驒守忠直様もご新造も焼死され

た」

「というわけでございますよ、大河内の若先生」

「うちはさような才を授かってないのをよしとすべきか」

と嘆息した小龍太と鉄造親分の問答を娘ふたりと文吉が無言で聞いていた。

「わっしらの話、退屈したかえ」

と聞いた親分が、

「ともかく公儀としては家康様から拝領の『葵紋造』の短刀の有無は、今後一切言及されませんのさ。ご一統四人も、短刀なんて見なかったし、触らなかったということです。むろん北町奉行定町廻り同心堀米与次郎の旦那もわっしも妙な短刀なんて見てない、ということですよ」

と言い添えた。

「わたしたち、ふだんの暮らしに戻っていいのよね、吉川町の鉄造親分さん」

「そういうことだ、桜子」

と親分が答えて、相良文吉、大河内小龍太、それにお琴の三人は一泊二日の舟遊びを終えて船宿さがみから各自の家に帰ることになった。

ただし相良文吉は内藤新宿には戻らず、今晩は従妹の寺子屋に泊まることにしたそうで、お琴や小龍太といっしょに柳橋の船宿を出た。

船宿さがみの家作のさくら長屋に住まいする桜子だけが、父親の広吉が仕事から帰るのを船宿で待つことになった。これは、女将の小春に、

「桜子ちゃん、何日も留守にした長屋に帰るより、うちに親子してもうひと晩泊まって明日の朝戻ったら」

と誘われてもいたからだ。

いずれにせよ、桜子は広吉の帰りを船宿で待つことにした。

小春と桜子のところに猪之助親方が姿を見せた。

「どうだ、少しは落ち着いたか」

「親方、わたしはなにもしていませんからね、落ち着くもなにもありませんよ、それより船宿は大変だったのではありませんか。お城のお偉方が何人もお見えで中山民之助さんをお調べになったのでございましょう」

「おお、若年寄様やら御側御用人《おそばごようにん》様やら目付様やら町奉行様やら、ふだん縁のない殿様ばかりだ。なにやらわっしは自分の船宿ながら落ち着かないこと夥《おびただ》しかったぞ。ともかく様々の殿様が顔をそろえて右往左往でよ、相良文吉さんを呼び出して、短刀だか脇差だかの鑑定が始まったころまで大変だったな。咳《せき》ひとつして

はならねえようでよ、文吉さんも緊張したと思うよ。でもよ、おちびのお琴の従兄はよ、短刀を手にすると、ぴりりとしてな、刀に向き合っていなさったぜ。さすがに名の知られた鑑定家だな」

「親方は鑑定の場にいたの」

「わっしと小春のふたりはよ、船宿の二階座敷から馴染み客をほかの船宿に移したりしてよ、お城御本丸詰めのお偉方に明け渡したと思いねえ。

　ところが城中はよくご存じでも、うちのような船宿の厠《かわや》がどこにあるか、茶を淹《い》れるにはどうすればいいかとかよ、なにも知らないやね。ふだん、殿様にはご用人が何人もついていて主の望むことを気付いて先回りしてあれこれやるんだろうな。だが、こたびの騒ぎが騒ぎだ。できるだけ事を外に知られたくないってんで、殿様当人だけがうちに雁首《がんくび》を揃えたってことだ。わっしと小春が助けないとどうにもならないんだ。

　そこでよ、小春は二階座敷の入り口の廊下に控え、おりゃ、殿様方が集う二階座敷の隅に屏風《びょうぶ》を立てて、ちらりちらりとお調べの様子を眺めていたのさ。

　まずな、文吉さんが刀を鑑定するために灯りをいくつか集めてくれとおれに願ったと思いねえ、それがお膳立ての始まりさ。そんなわけでよ、文吉さんの鑑定の最初から最後までおれは近くで見ていたのさ」

鑑定家相良文吉は、猪之助親方が集めた四つの行灯の灯りの下で短刀を包んでいる袱紗を静かに解いた。最前までの文吉とは異なり、仕事師の眼差しと挙動だった。

猪之助は鑑定家にして研師の文吉が刀を前にしたとき、ぴりりと表情が引き締まるのを見て、

（おお、さすがだな）

と感嘆した。

葵紋造の短刀は、貞治二年と刻まれた相州伝の逸品と文吉は聞かされていた。

柄と鞘は金梨子地塗、縁《ふち》、頭《かしら》、鐺《こじり》、柄筒金《つかどうがね》に葵紋が施されていた。それを凝視していた文吉が首を傾げ、筒金に施された大きな葵紋にしげしげと見入った。

幾たびか拵えを鑑定し直した文吉が愕然《がくぜん》とした気配を猪之助親方は察した。むろんお偉方も相良文吉の一挙一動を睨んでいた。

刃長一尺一寸五分一厘の目釘《めくぎ》を外した文吉の五体から力が抜けたと猪之助は思った。

「相良文吉とやら、鑑定はついたか」

と御腰物奉行が一同を代表して糺した。

「はっ、鑑定は終わりましてございます」

「相州伝長谷部國信の一振じゃな」

との問いに文吉はしばし間を置いた。そして、

「いえ」

と短く答えた。

「いえ、とはどういうことか」

「この場に私めの父を呼んで頂けましょうか」

「なに、そのほう、鑑定を終えたと申したではないか」

「はい。申し上げました」

「にも拘《かか》わらず父親を呼べとは、鑑定に自信がなしや」

「いえ、鑑定は明白にございます。この短刀、数十年前に鍛造された新刀の相州ものにございます」

文吉の明瞭な返答にお偉方がいっせいに沈黙した。

「私の鑑定は変わりようもございません。ですが、ご一統様のなかには、『若造

の鑑定家の鑑定信用ならじ』とお考えになるお方もおられましょう。なぜならば、この短刀が相州伝の長谷部國信と伝えられてきたことも、それを御作事奉行の中山家が家宝としてきたことも世間の一部には知られたことでございますでな。念には念を入れたほうがよろしいかと愚考いたし、申し上げました」

その言葉にお偉方が文吉の周りに詰め寄り、文吉が手にした短刀を眺めた。

重苦しい沈黙のあと、御腰物奉行が、

「なんということか」

と漏らした。

「文吉、そのほうの父親を呼ばずともこの短刀が新刀の相州ものと分かるわ。ご一統様、われらが眼の前にしておるのは、真っ赤な贋作にございますぞ」

と御腰物奉行が言い切った。

「どういうことか。中山家には神君家康公が下賜された短刀、相州伝長谷部國信鍛造の傑作が伝えられているのではないか」

「北町奉行どの、確かに伝えられておりました。それは権現様直筆の書付に残されておりますれば明らかにございます」

「となれば、なぜ偽物を中山民之助は火付けをしてまで持ち出したか。いや、民之助は家宝が偽物に替わっていることに未だ気付いていなかったな」

「いつの世にか、中山家では國信を売り払ったか」

「あるいは本物はあの炎のなかで焼失したか」

「民之助を改めて糾弾致そうか」

とお偉方が言い合った。


「桜子、そのあとの大騒ぎは、巷《ちまた》で言い合うならず者も城中御本丸の御表を仕切るお偉方もいっしょだな。たちまち鑑定した文吉さんもわっしらも座敷から追い出されて、われら、それ以降の話し合いは知らぬ。ともあれ、あの短刀の鑑定には、文吉さんも要らなかったのよ」

「なんてことなの」

と親方の締め括りの言葉に応じたとき、六つ（午後六時）の時鐘《ときがね》が響いてきた。

「お父つぁんは遅いわね」

と桜子が漏らした。

「親父さんは今戸橋の船宿まで客を送っていっただけだがな。あちらで客を拾ったかな」

と猪之助親方が言った。

「桜子ちゃん、湯にでも入ればどうだえ」

と小春が言った。

「いえ、このままお父つぁんの帰りを待ちます」

と答えた桜子に、

「あの騒ぎ、終わったのかと己に問うているが、どうもな」

と猪之助も話を戻した。

「親方、曰くは分かりません。でも、騒ぎはまだ終わっていないのではないでしょうか」

と応じたとき、表から、若い衆の声が聞こえてきた。

「広吉父つぁんの猪牙舟が戻ってきたぞ」

三

「お父つぁん、吉原帰りの客を今戸橋で拾ったの」

と船着場に急ぎ向かった桜子が疲れ切った表情の広吉に問うた。

「客を拾ったんじゃねえや。昔な、そう、おまえが五つ六つのころ、このさがみにいた船頭頭の岩五郎《いわごろう》の父つぁんを覚えてないか」

との広吉の言葉を猪之助親方が聞きつけて、

「おお、岩五郎の親父と会ったか、元気だったか」

「へえ、岩五郎の父つぁん、わっしより七、八歳年上にも拘わらず息災で相変わらず船頭を務めておりましたぜ」

「横川の船宿に勤めてなかったか」

「へえ、この三年は自分の長屋近くの長崎橋際の船宿に雇われてのんびりと隠居半分仕事半分の暮らしをしてきたそうなんで」

「いい余生じゃねえか。孫が六人と聞いたのが岩五郎の父つぁんと会った最後よ。どこで会ったな」

「今戸橋際の船着場で見かけてわっしから声をかけたんで」

「岩五郎の親父さん、久しぶりだな」

「おお、広吉さんか。おまえさんと娘の桜子が年の瀬から正月にかけて屋根船の主船頭と棹方を務めたそうだな。読売に書かれていたことを馴染みの客人から教えられたぜ」

「へえ、さがみの親方がね、新造の屋根船のお披露目《ひろめ》をわっしら親子に務めさせてくれたんでさあ」

「そうか、おまえさんはさがみの船頭頭、いやさ、柳橋界隈の船宿じゃ一番年かさの船頭だもんな」

「歳だけはとりましたぜ」

「おれの歳まで七、八年はあらあ。新しいかみさんは貰ったか」

「桜子がおりまさあ。親子ふたりでさがみに世話になって、この歳までなんとか暮らしてきましたのさ」

「なによりなにより」

と今戸橋際の船着場に二艘の猪牙舟を並べて舫ったふたりは昔話をした。ふたりとも吉原の昼見世の客を下ろしたばかりで一服しようとしたところだ。

「そういえば神田川じゃあ、えらい騒ぎがあったそうじゃないか。定火消御役だかが自分の屋敷に火を付けたとかどうとか」

と岩五郎が不意に話柄を変えた。

えっ、と驚いた広吉が、

「親父さん、そんなことをどこで耳にしなさった。あの話は町奉行所から固く口止めされている一件だがな」

「おまえさんだって知っている話じゃないか、横川に伝わったって不思議じゃねえやな」

「あの火付け騒ぎですがね、桜子と朋輩三人が、わっしが長年使っていた猪牙を親方から借りてさ、江戸川の大洗堰に舟遊びに行った帰りに見付けた火事ですよ。うちが知っているのは当然だぜ。そいつを公儀から厳しく口止めされたんだ」

「そうか、桜子と仲間が見つけたか。その傍らを深川の荷船が通り抜けていったのを桜子らは気がついていなかったか」

「桜子たちは気付いてなかったようですな、そんな話、一切出なかったもの」

「横川の船問屋で荷船の船頭がくっ喋《ちゃべ》ったのよ。そんなわけで大身旗本が火付けをした話は深川界隈でも承知なのよ」

広吉はなんとなくこの話、漏れるなと推量していたから得心した。そのうえで、

「親父さん、ここだけの話だ。定火消の屋敷じゃねえよ。御作事奉行の中山飛驒守様の屋敷に倅が火を付けたんだよ」

「なに、昌平坂学問所対岸の中山様の屋敷の話か、あの火付けはよ」

おお、と返事をした広吉はがくがくと頷いた。すると、しばらく沈思していた岩五郎が煙草入れに手をかけて煙管を抜き出そうとして動きを止めた。

「若いころ、ちょうど当代の殿様が御先手鉄砲頭の花房様から中山家に婿入りした時分のことだ。偶さかおれの猪牙に昌平橋下から乗られてな、向島まで送ったことがあった。中山家の家付きの嫁様とはどうもうまくいかねえらしく、『おりゃ、タネ馬代わりに婿入りさせられた』とぼやいていなさったな。なんとなくそれがきっかけで十日に一度くらい昌平坂で会ってよ、ふたりして江戸の内海の洲《す》崎《さき》あたりに舟とめて釣り糸たれてよ、一刻ばかり馬鹿話をして過ごすようなことが何年続いたかね。中山家では養子に入った婿どのがどこぞの遊里に出入りしているってんで、お城と屋敷の往復以外、ひとりで表に出るのを禁じられたのさ。そんなこんなで、また、タネ馬に逆戻りよ。まあ、そのおかげで跡継ぎは出来たのさ」

「なんてこった、岩五郎の父つぁんは中山家の殿様と縁があったか。だがな、ここだけの話だが、タネ馬を務めあげた中山の殿様はこたびの火事騒ぎで焼死なさったぜ。それだけじゃねえ、奥方も家来衆も何人も焼け死んだんだ」

と広吉が思わず中山家の火付け騒ぎを手っ取り早く告げた。むろん辺りにふたりの問答を聞くことができる船頭はいなかった。

岩五郎は煙管に刻みを詰めて煙草盆の火をつけて一服吸うと、
ふうっ
と煙を吐き、

「話が違うな」

と言った。

「どういうこった、親父さんよ」

「中山の殿様はよ、奥方が猫可愛がりした馬鹿息子なんかに焼き殺されるタマじゃねえよ」

「おかしい」

「だって町奉行所のお調べで中山の殿様が焼死したのが分かったんだよ」

「どうしておかしいよ」

「中山家には家宝の刀があったな。たしか神君家康公から頂戴した國信とかいう刀だ、ありゃ、どうなったよ」

「そんなことまで親父さんは承知か。驚いたな」

と応じると岩五郎は、

「広吉さんよ、中山忠直様は生きておられるな。間違いねえ」

と確言した。

「そんな馬鹿な。公儀の目付だかなんだか偉いお役人と町奉行所が動いての話だぜ、岩五郎の親父さんよ」

「よし、おれの猪牙舟をおまえさんの猪牙に舫って川向こうまで引いていってくんな」

と命じた。

「……そんなわけでおりゃ、岩五郎の父つぁんに深川木場に近い深川島田町《しまだちょう》の凝った築地塀《ついじべい》に囲まれた抱屋敷が見える堀に連れていかれてな、『この家は中山の殿様の妾宅《しょうたく》よ』と告げられたんだ。おれがどうして言い切れるよ、と言い返すと、『中山の殿様とは若いころ無二の釣り仲間だったんだぜ。おりゃ、中山の殿様の考え方も動きもとくと分かっている。こたびの火事で焼死したなんて話はねえ、間違いなく生きていなさるよ』と言い切ったんだ。岩五郎の親父さん、中山の殿様の最近の行動もとくと承知の様子だったな」

三人は柳橋の船着場に舫った屋根船に入り、障子を閉め切った胴の間で話していた。

「お父つぁん、そんなことってありなの」

と桜子が抗った。

「分からねえ。ただ、三十三間堂《さんじゅうさんげんどう》と堀を挟んで向き合う妾宅はよ、敷地もかなり広くてよ、金のかかった普請だってことは分かったぜ。それに年増風の粋な妾、その名も染乃《その》様ってのが女中衆と住んでいてな、敷地の別棟に用心棒侍を四、五人もさ、なんのためか、住まわせてやがるそうな。それに妾宅の母屋に接して内蔵があることを岩五郎の親父さんが詳しく説明してくれたんだ。ありゃな、銭に不じゆうしている様子は指先ほども窺《うかが》えなかったな。蔵の中に千両箱がいくつも隠されていたって不思議はねえよ」

船頭の広吉が岩五郎から聞いた話を、妾宅を見た興奮からか力説した。

「岩五郎の親父はその隠宅はいつごろからあると言ったかね」

「親方、六、七年ほど前に普請されたそうだぜ。大工も深川の棟梁《とうりょう》ではなくてよ、江戸の棟梁だったそうだ」

屋根船の中を沈黙が支配した。

「おい、広吉の父つぁんよ、こりゃ、厄介を絵に描いたような話だぜ。妙な噂が立つと、うちも、父つぁん、おまえさんの親子もえらい目に遭わないか」

と猪之助親方が動揺の体《てい》で言った。

「お父つぁん、そのお妾さんの主様はお武家なのよね」

「おお、名前はなんだったか、親父さんはなんとかいったんだが、花なんとかだったと思う、確かなところは忘れちまったな。とにかく妾宅では中山様とは名乗ってねえらしいがな、お武家様だとよ。岩五郎の父つぁんの話は事細かだったぜ」

と広吉が言い添えた。

三人は屋根船の中で顔を見合わせた。

「吉川町の鉄造親分に話したほうがいいかい、親方」

「となると親分としては、堀米の旦那、北町奉行所定町廻り同心に話さざるをえないだろうな。当然堀米様は、上役の与力やお奉行に告げる。中山の殿様が生きているかどうかもはっきりしないのに、岩五郎の親父から聞いた話とおまえさんの見たものを、昨日ここにいた殿様連中にそのまま上げるのもどういうものかね」

と猪之助が首を捻った。

桜子が沈黙したまま考えていたが、

「なんだか、気持ちが悪い話よね。だって、御作事奉行の中山様の屋敷では、殿様も奥方様もご家来衆も焼け死んだのでしょう。それが不意に殿様は生きていて、深川に密かにお妾さんを囲っているなんておかしいわ」

「ああ、おかしな話よ」

と広吉が応じた。

「ならばこの岩五郎さんの話が真実かどうか、わたしたちで調べようか。この話は元々、舟遊びの帰りにわたしたちが出合《でくわ》した火事騒ぎから始まっているのよ。最後の締めもわたしたちでやるのが筋よ」

と桜子が言い切った。

「桜子、おめえは十手持ちじゃねえぞ。娘だてらにひとりで深川に乗り込むつもりか」

「お父つぁん、だれがわたし独りで御用聞きの真似事をするなんて言ったの。お互い乗りかかった船よ。まずこれから薬研堀の棒術道場に行き、若先生の小龍太さんの考えを聞かせてもらうのよ。お城奉公のお武家さんの行いは、やはりお武家さんにしか分からないんじゃない」

うう━ん、と広吉が呻《うめ》いた。

猪之助親方がすでに吸い終えた煙管を手で弄《もてあそ》びながら、

「船頭頭よ、この話をほったらかすわけにはいくめえ。役人に告げるのが早いというならば、桜子の考えを大河内の若先生に聞いてもらうのもひとつの手だぜ」

と言い出した。

こんどは広吉が考え込んだ。

最前から雪でも降りそうな寒さだった。それでも桜子が言い切った。

「どうなの、お父つぁん。今すぐ薬研堀を訪ねてみない。きっと大河内立秋大先生も立ち会うわよ」

しばし無言で考えていた広吉が、

「おれが持ち込んだ話だ。致し方ねえか。親方、猪牙舟を借りていいか」

「おまえさんが長年乗ってきた猪牙舟はもう仕事に使う気はねえ。おまえたち親子が好き勝手に使え。そうだ、なにが起こるか分からねえ、猪牙舟の胴の間に苫《とま》屋根《やね》を載せて、炬燵も積んでいけ」

と命じた。

猪之助親方は親子が柳橋から薬研堀に行くことだけではなく、これからも親子専用の猪牙舟だと言い切ったうえに苫屋根に炬燵まで載せていくことを許した。この苫屋根は、船宿さがみの身内が冬場使うもので容易くつけ外しができた。

「だがよ、薬研堀の話次第で動くときは、どんな場合でもおれに知らせてくんな」

と言い添えた。

広吉と桜子親子は薬研堀の香取流棒術大河内道場、直参旗本大河内家を訪ねた。すると驚いたことに棒術の道場に灯りが点り、稽古をしている気配がした。もうひとつ驚いたのは、大河内家のどこからか白い犬が飛び出してきたことだった。

「あら、おまえはどこから来たの」

という桜子の問いにただワンワンと吠《ほ》えるだけだった。

道場では、昼間別れた小龍太が棒術の稽古をしていて、その様子をご隠居こと大先生の立秋老と研師にして鑑定家の相良文吉とその従妹のお琴こと琴女の三人が揃って見物していた。

雪が降りそうな寒さの松の内だ。

棒術の稽古をする小龍太はいいが、夜の道場で見物する三人はひどく冷える。

そんなわけで大先生の傍らには箱火鉢《はこひばち》があって、ご隠居とふたりは火鉢に手をかざしながら小龍太の棒術を見ていた。

「おお、桜子も夜稽古に参ったか」

と立秋老が応じた。

「うむ、桜子の親父どのもいっしょか。となると稽古ではなさそうな」

小龍太が稽古を止めて、

「どうした、なんぞ事が起こったか」

と質した。

「新たな厄介話をお父つぁんが拾ってきたの」

「なに、あの火事騒ぎのことでか」

小龍太が問うて、頷く桜子と父親の広吉を道場に上げ、その場の全員が小さな箱火鉢を囲むように座した。

「中山家当主の中山飛驒守忠直様は、深川の富岡八幡宮や三十三間堂のあるあたりに妾宅を何年も前から構えていたのよ」

と前置きした桜子が、広吉が先輩船頭岩五郎と今戸橋で会ったところから深川島田町で見聞きしたことまでを、時折り広吉が言葉を挟みながら一同に告げた。

四半刻後、棒術道場にいた四人は桜子と広吉の話が終わってもしばし茫然自失して沈黙したままだった。

「若先生、わたしたちの話、分かり難《にく》かったようね」

「いや、桜子、よう分かった。というよりそれがし、船宿から出て道場に戻る折り、文吉どのとお琴のふたりとも話したが、だれもが嫌な心持ちを拭い切れんでな。別れ際に、道場に戻ったら、この嫌な心持ちを払拭《ふっしょく》するために稽古をすると告げていたのだ。

するとさ最前、文吉どのとお琴のふたりが道場に稽古の見物にきた。いや、見物ではない、みなの胸のうちに嫌な心持ちが残っていた、その嫌ななにかが舟遊びに行った四人をかように夜分にも拘わらず道場に集めたと思わぬか。もし桜子の親父どのが見聞してきたことが真実なれば、許されぬぞ」

と小龍太が言い切った。そして、

「爺様、どう思われるな。なによりわれら中山の殿様を知らんでな」

と立秋老に質すと、

「中山飛騨守忠直様が深川の隠宅に生きておるかどうか、確かめるのはそのほうらの務めであろうな。その前に隠宅の主が御作事奉行中山某かどうかを確かめる要がある。ほれ、わが道場の番犬になったヤゲンの役目だ。中山忠直はヤゲンの元の飼い主ぞ」

と宣告した。

実は今朝、まだ小龍太が船宿さがみから戻らないころ、小汚い犬を連れて大河内道場を訪れた者があった。中山家の当主に可愛がられていた犬が焼け落ちた屋敷の周りをよたよたと歩いているところを、立秋老の旧知の武具屋が見つけ、あわれに思って連れているのだという。立秋老はうなだれたこの犬をひと目見て、引き取ることを決めてしまったのだった。


深夜過ぎ、四人と大河内道場でヤゲンと名付けられた白犬を乗せた猪牙舟が薬研堀を出た。広吉は棒術道場で会った四人の若者の行動を船宿さがみの猪之助親方に知らせるために独り柳橋に戻った。

一方、大河内家で揃えてくれた食い物や飲み物を積み込んだ猪牙舟は、薬研堀から大川に出るために舫い綱が解かれた。

ちらちらと雪が降り始めていた。

「猪牙舟に屋根がついていて助かるわ」

とお琴が安堵した声を漏らした。

「いや、苫の下には綿入れも炬燵も入っておるぞ、琴女」

と文吉も従妹に言った。

「ささっ、三人は苫屋根下の炬燵に足を突っ込んで」

と言った桜子は綿入れに竹笠《たけがさ》を被り、手甲脚絆をつけていた。

「桜子、それがしも大川を横切る間、手伝うぞ」

小龍太は稽古着に大刀を差し、棒術の得物《えもの》の六尺棒を二本持ち込んでいた。そのうえ、猪牙舟には竹棹が何本も載っていた。麻綱も積み込んであった。

竹棹を構えた小龍太が舳先に仁王立ちになった。その傍らには白犬のヤゲンが従っていた。

舳先に提灯を点した舟が大川に出ると、
ひゅーん
と雪交じりの寒風が川上から河口へと吹き付けてきた。

「若先生、桜、私たちだけ暖かくて極楽よ」

とお琴が気にかけた。

「案じないで。物心ついたときからどんな季節も大川の流れを往来してきたのよ。

大川はわたしの寝床みたいなものね」

と言い切った。

猪牙舟が深川島田町の堀下の船着場に横付けしたのは、未明八つ（午前二時）の刻限だった。

桜子が艫から舳先の小龍太に、父親の広吉が見たという築地塀を指して、

「このお屋敷ね」

と言った。

なんとも立派な屋敷だった。

四

不意にヤゲンがなにかを感じたか吠え出したのを新米飼い主の小龍太が、

「これ、ヤゲン、昔の飼い主の気配を感じたか。だが、吠えてはならぬ」

と頭を撫でると吠えるのを止めた。

「賢いな、そなたは。いいか、ここからはヤゲンが頼りだ。あの立派な屋敷に旧主が隠れ潜んでいるかどうか確かめる役目よ、いいな」

と小龍太が言い聞かせると、ヤゲンは分かっているのかどうか、一度だけ尻尾《しっぽ》を振った。

未明の刻限だ。

深川界隈は深い眠りに就いていた。静寂のなか、目当ての屋敷でかすかに物音がしたようだ。

「灯りを消せ」

と小龍太が小声で命じて苫屋根をかけた猪牙舟の提灯の灯りが消された。

苫屋根の舟は船着場の荷船の間にひっそりと泊められていた。

雪が舞う河岸道に人の気配がした。

小龍太がヤゲンの体を抱いて、静かにしておれと囁いた。屋敷から三人の用心棒らしき侍が出てきて、対岸の三十三間堂や堀の水面を見ていたが、

「野良犬が寒さに抗して吠えたか」

「一応、屋敷の周りを確かめようか。中山どのは小うるさいでな」

「おい、その呼び方は止めよ。こちらでは花房の殿様だ」

「相分かった」

と言い合い、深川島田町の見廻りを始めた。

「中山飛驒守様の実家は御先手鉄砲頭の花房家であったな。こちらでは旧名で通しておるらしい。やはりただの妾宅ではなかったか」

と小龍太が苫屋根の仲間に小声で伝えた。

「どうなさるな」

と相良文吉が問うた。

「ここまで来たのだ。あの者たちを捕まえて問い質さぬか」

と応えた小龍太に、櫓を離してゆっくりと首や肩を動かしながら寒さをしのいでいた桜子が提案した。

「若先生、その前にこの一件、吉川町の鉄造親分に知らせたほうがよくない」

「だが、中山の殿様が存命していると、われら、確かめたわけではない」

「どうするの」

「やはり用心棒どもを捕まえて問い質してみぬか。焼死したはずの中山飛驒守様が花房某として生きていたと確かめたら鉄造親分に知らせる」

「となるとヤゲンの出番はなしね」

「今晩はなしかもしれぬ」

と答えた小龍太と桜子は香取流棒術の六尺棒を小脇に抱えて深川島田町の船着

場から河岸道に上がっていった。

苫屋根の猪牙舟に残ったのは文吉とお琴のふたりとヤゲンだ。

雪道に用心棒たちの足跡が残っていた。そのあとを小龍太と桜子がたどってふたたび河岸道に出ようとしたとき、三人がふたりを待ち受けていた。どうやらふたりの尾行に気付いていたらしい。

「そのほうら、何者か」

「われら、川向こうの中山飛驒守様の屋敷奉公の者だ。なんぞ火急のことがあれば深川島田町の妾宅に報《しら》せよと殿に命じられていたのだ」

と小龍太が答えた。

かすかな雪明かりだけでは小龍太の姿に気付けなかった三人が、ふたりの体付きを確かめ、

「そのほう、背丈はあるが女じゃな。中山飛驒守様だの、御作事奉行だの、さような話は一切われら、知らぬ。怪しげなやつらじゃぞ」

と三人のひとりが大刀の柄に手を掛けた。

「ほう、われら、川向こうの中山飛驒守様とは言うたが、御作事奉行などとは言っておらぬ。そのほうら、なにゆえ中山の殿様の御役が御作事奉行と承知じゃ

な」

「あっ、いや、だれぞに聞かされたのであろう」

と狼狽した相手が大刀をそれぞれ引き抜こうとした。

その瞬間、小龍太と桜子の六尺棒の二本が突き出されて用心棒侍の鳩尾《みぞおち》を突いていた。

一瞬の攻めに三人が雪道に崩れ落ちた。


夜明け、猪牙舟は吉川町の御用聞き鉄造親分の家の前の堀に着けられた。桜子が親分の家を訪ねると、さすがに仕事柄早起きの親分の家の前を手下たちが掃除していた。

「親分は起きておいでですか。苫屋根をかけた猪牙が堀に泊めてあります。大河内道場の小龍太さんより親分にご足労願えないかとのこと、お伝え頂けませんか」

と桜子が手下のひとりに願った。

鉄造は朝っぱらから薬研堀の棒術道場の若先生の呼び出しに急ぎ、堀に着けられた舟べりまで下りてきて、

のを見て、

「桜子、若先生の用とはなんだね」

と苫屋根を覗き込み、三人の用心棒侍が引っ括られて胴の間に転がされている
「おまえさん方、またなにをやらかしたんだ」

と強い口調で糺した。

苫屋根の下には文吉とお琴のふたりも乗っていた。

捕われ人の剣術家は耳も眼も口も塞《ふさ》がれて話が聞こえず眼も見えず、口も利けないようにされていた。

「親分さん、まずは猪牙にお乗りになってわたしどもの話を聞いてくださいな」

と桜子が言った。

「おお、聞こう、聞くとも。おまえさん方、わっしら御用聞きの真似事をした曰くを聞こうじゃないか」

大きく頷いた桜子らが昨夜からの出来事を交互に喋った。

半刻ほどで詳細な報告が親分に伝えられた。

話の途中から顔色が変わった鉄造親分が三人の捕われ人を見ながら、

「御作事奉行中山家の殿様は、実家の姓の花房某として深川島田町の隠宅で生き

ているというんだな」

「この者たちは隠宅の用心棒に雇われた剣術家だがな、やつらがわれらの問いにそう明言したのだ」

と研師にして鑑定家の相良文吉が言い添えた。

「鑑定家の先生よ、このご時世に用心棒で金を稼ごうなどという剣術家の言葉が信用なるかえ」

「と思うたで、中山家で飼われていた犬に一枚嚙ませた。隠宅の庭の繁みに犬を近付けるとすぐに甘えたような声で吠え始めたのよ。すると寝間着姿の中山と思しき男が大刀を手に姿を見せて犬の声に向かって、『おお、白丸《しろまる》ではないか』と呼びかけたのだ。そこで急ぎ、つないであった紐《ひも》を引いて犬を連れ帰った。ただ今は棒術道場の番犬のヤゲンというわけだ」

「雪が霏々《ひひ》と降るなか、中山の殿様と思しき人物と飼い犬白丸の出合いはほんの刹那だったわ。でも犬は臭《にお》いだけで人を嗅《か》ぎ分けると聞いたことがあるわ。確かに白丸は旧主を認めたのよ。中山の殿様も、『それがし、夢を見ておるか。神田川の屋敷の飼い犬白丸が大川を渡って深川島田町まで遠出してくることなどあるまい』とはっきり口にしたわ」

文吉の言葉を桜子が補った。

「ううーん」

と唸った鉄造親分が、

「この一件、もはや幕が引かれた話だがな」

「親分さん、中山家の屋敷では何人もの人が焼死しておられましょう」

と桜子が言い、

「あちらから戻る舟の中で話したのだがな、親分はたしか中山家の焼け跡にはなぜか金目のものの燃え残りがなかったとか言わなかったか。倅の民之助も金子ではなく短刀を盗もうとしていた。だがな、深川島田町の隠宅の内蔵には千両箱が積まれていると、この者たちが白状したのだ。推量だとしても、何日も同じ屋根の下で暮らした面々の判断をばかにはできまい」

と文吉が言い添えた。

腕組みした鉄造親分が、

「おりゃ、どうすればいい。川向こうの殿様じゃねえが、悪い夢を見ているんじゃねえよな」

「親分、私の推量を聞いてくれぬか」

と言い出したのは文吉で、鉄造親分は黙って頷いた。

「愛刀家という輩はな、曰くつきの刀にはとことん拘《こだわ》るものだ。これまでの話を聞くだに中山の殿様は愛刀家よ。この者が容易く家康公下賜の相州伝長谷部國信の逸品を手離すわけがない。中山家の婿養子の飛驒守忠直様が國信を己の物にしようと企てたとしたら、必ずや神田川端の屋敷から深川島田町の隠宅に密かに移しておろう。そして、中山家の屋敷には私が見た贋作を残した。親分、この見立て、どう考えるな」

「な、なにっ、あの幻の刀がまたわっしらを騒がせるか」

「刀に憑《つ》かれた御仁とはこういうものだというておるのよ」

「文吉従兄さんの推量が当たりだわ。この一連の騒ぎの大本《おおもと》は家康公下賜の刀の國信にあるのよ」

とお琴が言い切った。

しばし沈思した鉄造親分が、

「そなたら三人だな。棒術の若先生はどうしたえ。こたびは三人だけで捕物《とりもの》か」

「若先生と犬のヤゲンは隠宅前に泊められた荷船に潜んでわたしたちが戻るのを待っているの」

との桜子の返答を聞いた鉄造親分がこたびは即答した。

「この一件、わっしひとりではどうにもならぬ。北町奉行所同心の堀米与次郎の旦那に相談したい」

一刻半（三時間）後、荷船と苫屋根をかけた猪牙舟の二艘が深川島田町の隠宅前の堀に泊められた。

大型の荷船には屋根の下に北町奉行所定町廻り同心の堀米与次郎と小者、御用聞きの鉄造親分とその手下たちが捕物出役姿《しゅつやくすがた》の着流し尻端折《しりっぱしょ》り、帯の上に胴締めをして草鞋《わらじ》がけで潜んでいた。堀米同心は鎖鉢巻に白木綿《しろもめん》の襷といった、公の出役に準じた形《なり》で乗っていた。

「おお、なんとか間にあったぞ」

と荷船に潜んでいた小龍太がほっとした声で二艘の船を迎えた。大河内家の飼い犬になったヤゲンがそわそわとし始めた。

「われらが用心棒ども三人をひっ捕らえたせいか、隠宅が妙にざわついておるようだ。中山の殿様は海辺新田に五百石船まで用意して、小舟で幾たびか女衆や家財道具を移してな、上方《かみがた》辺りに逃げ出す算段のようだぞ」

と言った小龍太が、

「なんだ、定町廻り同心の堀米の旦那と吉川町の鉄造親分ら一行だけか。やはり町奉行どのや与力に仔細は話せなかったか」

と質した。

「若先生、密かに御用船二艘がこの近くの堀に泊められているわ。中山の殿様の姿を確かめられたら、公儀の御目付も北町奉行所も動くことになっているの」

「桜子、われらの言葉だけでは信用できぬというか」

「まあ、そうね。致し方ないわよ。中山の殿様は何年も前からこの隠宅を設けて、万万が一の非常事に備えていたのよ。御作事奉行の婿どのの悪だくみだなんて容易くは信じられないものね」

と桜子が言ったとき、隠宅の中から旅仕度の中山飛驒守忠直と妾と思しき女が用心棒の剣術家ふたりに挟まれて姿を見せた。

「中山の殿様、もはや終わりだな」

と小龍太が言ったそのとき、ヤゲンが旧主を認めたか吠えた。

河岸道で犬の吠え声を聞いた中山が、

「やはり白丸と思しき犬の吠え声じゃぞ。どういうことか」

と叫ぶと同時に、六尺棒を小脇に抱えた小龍太が、

「ヤゲン、参るぞ」

と河岸道の石段を駆け上がった。そして、提灯を手にした文吉も小龍太に従った。

「花房どの、いやさ、御作事奉行中山飛驒守忠直様ですな」

「何者か」

「われら、神田川土手上の中山屋敷の火事に気付いたものでな。偶さか騒ぎに立ち会い、そなた様の悪だくみもおよそ承知することになったのだ」

「こやつらの仕業《しわざ》か、仲間三人が消えたのはこやつらのせいか」

用心棒の頭分らしき剣術家が質した。

「おお、三人はすでに北町奉行所の下に捕えられておるわ」

「なんと、叩き斬って船へ急ぐぞ」

との中山の声に用心棒のふたりが刀を抜いた。

そのとき、ヤゲンが中山の足元に近寄って一声吠えた。

「白丸、おまえまでそれがしを裏切ったか」

と御作事奉行が飼い犬だった白丸を叩き斬ろうと刀を抜いて振りかぶった。

そのとき、小龍太、文吉に続いて隠宅前の河岸道に上がってきた桜子が、

「お待ちなされ、中山の殿様。白丸や中山家の身内や家来衆を裏切って焼死させたのは、おまえ様のほうですね。こたびの一連の騒ぎは、放蕩息子の民之助の仕業ではない。絵図を描いて火事騒ぎを起こしたのは、どうやら中山の殿様、いやさ、花房の殿様と呼ぼうか。おまえ様の企てだね」

と六尺棒を中山に向けて言い放った。

「斬れ、こやつらみな叩き斬って船へ走るぞ」

と中山が喚いたとき、

「中山飛驒守忠直、若年寄支配下、当番目付椚沢三右衛門《くぬぎさわさんえもん》である」

「それがし、出火之節見廻役井上三伍丞《いのうえさんごのじょう》」

と深川島田町の堀に姿を見せた御用船から大声が響いた。さらに、

「老中支配下北町奉行小田切直年《おだぎりなおとし》なり。中山忠直、そなたの諸々の所業、尋問糾明いたすゆえ大人しく縛《ばく》につかれよ」

との声が続いた。

「南無三《なむさん》、遅れをとったか」

と応じた中山忠直が女とともに隠宅に駆け戻ろうとするのに用心棒侍も従った。

「桜子、逃がすでないぞ」

と小龍太が命ずると自分も四人を追った。

なにを思ったか、白丸改めヤゲンが旅姿の旧主の袴の裾を嚙んで止めようとした。

「おのれ、主に向かってなにをいたす。叩き斬ってくれん」

と改めて大刀を振り上げたとき、小龍太が間合いを詰めて、

「中山の殿様、もはや観念することだ」

と六尺棒を上段に振りかぶった。

激しい雪の戦いの模様を文吉が掲げる提灯の灯りが浮かび上がらせていた。

桜子もまたふたりの用心棒侍に迫っていた。

「女子が棒術とはちゃんちゃらおかしいわ。参れ、修羅場《しゅらば》剣法の凄みをみよ」

と斬りかかろうとした。

だが、桜子の六尺棒が虚空に翻ると、斬りかかった用心棒侍の腹部を突くと同時に、もうひとりの剣術家の喉元を襲っていた。女と軽んじたふたりの用心棒は瞬時の攻めに、

「げえぇっ」

と悲鳴を上げながら、切妻柿葺《きりづまこけらぶ》きの凝った造りの門内に倒れ込んだ。

それを見た中山が、

「くそっ」

と叫ぶなり、大刀を突きの構えで果敢に小龍太の喉元へと伸ばしてきた。身を捨てて香取流棒術を避けようという魂胆が見えた。

小龍太もまた果敢に迷いなく上段の六尺棒を振り下ろした。

必殺の突きと六尺棒の攻めが交錯した。

思わず桜子が、

「小龍太さん」

と叫ぶほど、互いの業《わざ》が拮抗していた。が、若い棒術の遣い手の上段からの攻めが一瞬早く中山の脳天を捉えていた。

「ぐしゃ」

という音が響いて、中山飛騨守忠直がその場に圧《お》し潰され、

「嗚呼ー」

という悲鳴が松の内の曇天に響いた。

中山の腰から一振の短刀が足元に転がり落ちたのを見て桜子は素早く摑みなが

ら、

（過日もかような出来事があったわ）

と火事の宵を思い出していた。ただしあの折りは短刀が袱紗に包まれていた。こたびはむき出しだ。そして贋作の葵紋造を摑んだのは相良文吉だった。

御用船から河岸道に駆け上がってきた当番目付の椚沢や出火之節見廻役の井上や北町奉行の小田切ら三人がこの戦いの終末を見た。

「大河内小龍太どの、中山某はまさか身罷りはしまいな」

北町奉行が思わず叫んだ。

「お奉行、手加減する余裕、それがしにはございませんでした」

と小龍太が落ち着いた声音で応じた。

その場に無言の時が流れた。

「しかとその者、身罷ったであろうな」

と当番目付の椚沢が小龍太に念押しした。

「北町奉行どのに申し上げたとおり、棒術未熟にて手加減できませなんだ」

と言い訳した。

「いや、香取流棒術の業前、とくと見せてもらった。このご時世、なかなかの尋常勝負であったわ、のう椚沢どの」

出火之節見廻役の井上が旗本を糾弾監察する御目付の筆頭、当番目付に伺うような口調で囁いた。

椚沢がなにか応答しようとしたとき、桜子が、

「ご一統様、そのお方の腰から短刀が零れ落ちましたが、いかが致しましょうか」

「な、なに、例の國信の偽物は北町奉行所が保管しておるがのう。どういうことか」

「お奉行様、むき出しの短刀、なかなかの逸品と素人のわたしは見ました。正真正銘の相州伝長谷部國信ではありませんか」

長い沈黙がふたたび隠宅の門前を支配して、小田切が桜子から短刀を摑み、急ぎ鞘から抜いて刃を確かめた。その模様を相良文吉は提灯を翳して手助けしていたが、

「こ、これは過日の短刀とはえらく違うな。本物ではないか」

と小田切が奇声を発した。

小田切の声音に喜びと期待が漂っているのを小龍太と桜子のふたりは感じてい

た。

　昼でも薄暗いままの雪の中、提灯を翳していた鑑定家の相良文吉が、相州伝長谷部國信鍛造の短刀をちらりと見て、にやり、と笑った。

終章

数日の間、桜子らは全く忘れられていた。が、松の内が明けた正月のある日、北町奉行所に桜子、横山琴女、大河内小龍太、そして未だ横山家に逗留したままの相良文吉の四人が呼ばれた。南町奉行所が月番で、北町奉行所は大門が閉ざされていた。

桜子らが呼ばれたのは北町奉行所の奉行小田切直年の御用部屋であった。この場に同席を許されたのは、四人のほかに同奉行所定町廻り同心堀米与次郎一人《いちにん》のみであった。堀米同心は柳橋に桜子らを御用船で迎えにいき、そのまま奉行の御用部屋へと案内した。

桜子らより緊張していたのは堀米同心であった。一同心が奉行の御用部屋に入ることなど滅多になかったからだ。

「おお、よう参ったな」

小田切が四人を過日とは一変した表情で如才《じよさい》なく迎えた。

小田切の前職は大坂町奉行職であり、江戸町奉行職は寛政四年（一七九二）から文化八年（一八一一）まで十九年の長きにわたって勤めることになる。

「そのほうら四人には御作事奉行の中山家の騒ぎで実に世話になった。ゆえに一度、奉行所に招いて礼を申したかったのだ」

と前置きした小田切奉行は、内与力の村瀬《むらせ》初左衛門《はつざえもん》を呼び、莨吸《たばこ》いの相良文吉には文函《ふばこ》の根付《ねつけ》が付いた莨入が、大河内小龍太には香取流棒術の六代目を継いだ折りに着る時服一式が、女衆の琴女にはギヤマンの玉簪《たまかんざし》が、そして桜子には珊瑚《さんご》で造られた桜の花びらをあしらった銀簪がそれぞれ贈られた。

「わが家臣の村瀬が入手するのになかなか苦労したのは、桜子、そなたの桜の花びらの銀簪じゃそうな。気に入ってくれるとよいがな」

と小田切が笑みの顔で四人を見た。

小龍太が桜子を見た。その顔は、そなたが話せと告げていた。

「お奉行様、わたしども四人、お上からご褒美を頂戴する行いを為した覚えはございません」

「桜子、若いそなたらには不可思議極まる騒ぎであったかもしれぬ。だが、そなたらの一連の落ち着いた行いと沈黙は公儀にとって実に大事なことであった」

と北町奉行は公儀を代表して正直な気持ちを告げた。つまり小田切は言外に、
今後とも中山家の騒ぎは、

「在《あ》って無き出来事」

だと告げていた。

頭を軽く下げた小田切の言い分を了解したと、四人は無言で応えることで表した。

「なんぞ問いはなきか」

奉行の念押しともとれる言葉に四人が顔を見合わせた。

瞑目した相良文吉が眼を見開き、

「私め、一瞬白日夢を見たと覚えました」

と前置きして、

「ひとつだけお教え頂けましょうか」

「『相州伝葵紋造』、國信鍛造の短刀か」

「は、はい」

「相良文吉、あの短刀、巧妙に出来ておるがやはり贋作であった」

「な、なんと」

と文吉が驚きの言葉を発した。

「どうしてあの短刀が偽物と分かったか告げようか。御本丸中奥の御刀蔵にな、やはり同じような國信の短刀が秘蔵されておったのだ。ふたつを比べてみるとな、明らかにあの短刀は真の國信を写した偽物と分かったで、即座に廃棄致した。文吉、本物の相州伝長谷部國信『葵紋造』は一剣だけで十分とは思わぬか」

と小田切直年が文吉に懇々《こんこん》縷々《るる》と説明した。

しばしの間、沈思した文吉が、

(そうか、あの『葵紋造』の國信、公儀の所蔵の一剣に加わったか)

と確信した。文吉が提灯の灯りで一瞬のうちに鑑定した『葵紋造』の國信は幻の短刀としてこの世から掻き消えたのだ。

「相良文吉、未だ鑑定家たりえず、修行を続ける所存にございます」

と応じると小田切が大きく頷いた。

中山家の火事に始まった騒ぎが落着した瞬間であった。

話は十数年前に遡る。

和国ナガサキを発って半年余、阿蘭陀《オランダ》国の交易帆船は穏やかな北海をロッテルダム河港目指して航海していた。そんな狭い船室の片隅で無名の絵描きアルヘルトス・コウレルは和国滞在中に素描したエドの風景や人物に色付けをしていた。無数の素描の中でコウレル画伯が気に入った題材は、江戸で密かにカゴなる乗り物から見たひとりの幼い娘だった。桜の古木三本に注連縄《シメナワ》なる飾りが巻かれ、その桜の幹に額をつけて一心に合掌する幼子の横顔に強く魅了されていた。そして、別の日、カンダカワなる川から江戸の町を二分するスミダカワへと出ていく猪牙舟《チヨキ》なる小舟の艫で櫓を漕ぐ父親らしき人物と、同乗する幼子が無心に流れを見つめている瞬間の眼差しだった。

コウレル画伯は、祈る幼い娘を描いた一枚には『花びらを纏《まと》った娘』、父娘ふたりが同乗する小舟の絵には『チョキ舟を漕ぐ父と娘』と題名をつけ、尊敬するフェルメールの画風を超える絵として祖国で成功することに大いなる期待をかけていた。

むろんかような画伯の野心と夢を、遠く和国の江戸柳橋で生きる桜子は、夢想だにしなかった。

（二巻につづく）

文春文庫

猪《ちょ》牙《き》の娘《むすめ》

柳橋《やなぎばし》の桜《さくら》（一）

定価はカバーに
表示してあります

2023年6月10日　第1刷

著　者　佐伯泰英《さえきやすひで》

発行者　大沼貴之

発行所　株式会社　文藝春秋

東京都千代田区紀尾井町3-23　〒102-8008
TEL　03・3265・1211㈹
文藝春秋ホームページ　http://www.bunshun.co.jp

印刷製本・凸版印刷

Printed in Japan
ISBN978-4-16-792049-4

画＝横田美砂緒